JN178010

集英社オレンジ文庫

映画ノベライズ

君と100回目の恋

下川香苗

原作／Chocolate Records

CONTENTS

映画ノベライズ

君と100回目の恋

～プロローグ～

この丘からは、視界いっぱいに海が見わたせる。

さざ波のゆれるおだやかな水面《みなも》が、太陽と空の青さをはじいてまぶしく光っている。

あたりは草むらがひろがるだけで、とりたててなにもないところだから、ほとんど人もやってこない。

静かで、ながめがよくて、海から吹いてくる風がここちよくて、お気に入りの場所。

だけど……。

今日は、ここに来て、指定席に決めている木のベンチにすわっていても、気持ちは少しも晴れない。

ひざの上に置いているのは、レコード盤。

レコードプレーヤーという機械にのせると、すぐそこで奏《かな》でられているような音楽と歌声を聴かせてくれる。

でも、とてもだいじにしていたのに、大きく二つに割れてしまった。

もう二度と、このレコードを聴くことはできない。たいせつな、すごくたいせつなレコードだったのに……。

「直せる」

ふいに声をかけられて、顔をあげると、男の子がそばに立ってこちらを見おろしていた。

「俺、そのレコード、直せる」

「え？」

無理だよ、直せるわけないよ？　だって、こんなに割れちゃってるんだよ？

そう問い返すように見あげても、男の子は自信に満ちた表情をくずさない。絶対だいじょうぶなんだと言いたげなまなざしをしている。

あれは、十四年前の7月31日。

七歳の誕生日のできごと——。

1　完璧な幼なじみ

「マイスター・ホラは、心は時間を感じるためのものだとモモにおしえます。心が時間を感じられなければ、時間はないも同じだと――」

突然、なにかが落ちる音が、静かな講義室の中に響きわたった。

もうっ、うるさいなぁ、気持ちよく寝てたのに……。などと、心のなかでもんくをつけながら、日向葵海《ひなたあおい》はまぶたを開けた。

まだ頭のなかが、靄《もや》がかかったようにぼんやりしている。せっかく夢見てたのになぁ……と思いながら目をこすっていると、

「とーなーり」

横の席にすわっている相良里奈《さがらりな》が、声をひそめてささやいてきた。

「となり?」

里奈が指さしたほうを向くと、すぐそばに教授が立っていた。

「おはよう。気持ちのいい朝ですね」

寝ぼけ顔の葵海に向かって、教授は微笑《ほほえ》む。それから、床に落ちている本をひろいあげて、葵海の前へ置いた。さっきの音は、葵海が机につっぷして眠ってしまい、講義に使っている本を落としてしまった音だったらしい。

「あんまりのんびりしていると、時間泥棒が、時間を盗みに来ますよ」

講義内容にひっかけて教授に皮肉られて、やっと靄が消えてきた。居眠りなんかしているると単位あげませんよ、と直球ではおどかしてこないところがよけいに怖い。

「すいません……」

葵海は肩をすくめて頭を下げた。講義室のあちこちから、おさえた笑い声が聞こえる。

「起こしてよ～っ」

里奈に向かって葵海が小声でうったえると、里奈は眉《まゆ》をしかめて首を横にふった。何回も起こしたよ、という意味らしい。

7月25日　月曜日
『モモ』ミヒャエル・エンデ著
学生たちのたくさんの頭ごしに見える正面の黒板には、教授の字で大きくそう書かれている。

この講義室は陽射しが入るし、それに、教授が朗々とした声で歌うみたいに講義するものだから、聴いてるうちにどうしても眠くなっちゃうんだよね。と、葵海は自分の居眠りを教授のせいにする。

教授は軽く咳払《せきばら》いをしてから、講義を再開した。

「心が時間を感じられなければ、時間はないも同じだ、と。それに対して、モモはこう質問します。すると、もし、あたしの心臓がいつか鼓動をやめてしまったらどうなるの？」

なつかしい夢、見たなあ……。

教授の声を聴きながら、葵海は本をひろげなおして、頭に残るさっきの夢のかけらを思い出した。

十四年前、誕生日のできごとの夢。

あんな夢をひさしぶりに見てしまったのは、あの男の子、幼なじみの長谷川陸《はせがわりく》のことが気になっているからかもしれない。

このごろ、なんとなく、陸はおかしい。どこがおかしい、というほどではないのだけれど……。

「あ〜っ、これで、やっと夏休みーっ！」

講義が終わったあと。

里奈とつれだって校舎から出たところで、葵海は体じゅうの筋肉をほぐそうとするように思いきり大きく伸びをした。

青くひろがる空の下へ出ると、すっきりと眠気がさめていく。講義はけっしていやじゃないのだが、困ったことに、葵海は長時間だまっておとなしくすわっているのがどうにもにがてなのだ。いっそのこと、中庭の芝生《しばふ》の上とかで、寝そべって聴いてもオッケーで講義してくれたらいいのになあ、なんて思ってしまう。

のびのびとした表情の葵海とは対照的に、となりで里奈は顔をしかめている。

「葵海さ～、来月からイギリスとか、やばくない？」

「なんで？」

「居眠りとかしてたら、追い返されるからね。海外の大学って厳しいって言うじゃん」

「そういうのは、行ってから心配すればいーの」

里奈の忠告など、どこ吹く風。葵海はまるで気にするそぶりもなく、長い髪をゆらしながらスキップするような足どりで歩いていく。

里奈からだけでなく、母親やほかの人たちからも、同じようなことは何回も言われているけれど、葵海はまったく気にしていない。出発前からあれこれ悩んだってしかたない。

とにかく行ってみればなんとかなるさ、と思っている。

葵海の夢は、翻訳家《ほんやくか》になること。

将来は自分で翻訳した本を出版したい、という希望をいだいている。

葵海は昔から、物語を読むのが大好きだった。とくに童話や児童文学。本を読んでいると、空想の翼であらゆる世界へ自由に飛べる。だから文学部英文科に進学して、イギリス留学を決めたのも語学力を身につけたいと思ったからだった。

もっともっと、世界じゅうから心躍るすてきな物語をみつけてきて、自分の手で日本の読者に紹介したい。

その夢をかなえるためなら、少々の困難は平気。「翻訳家なんてむちゃだ」とさんざん言われたけれど、やってみなくちゃわからない。とにかく飛びこんでみれば、きっとなんとかなる。

「そーゆうとこ、葵海、少しはねぇ――」

「あ、もう一時。行こっ」

里奈がなおも注意しようとしているのも気にとめず、葵海は腕時計をのぞくと、急に足を速めた。

いきなり走っちゃだめ！　と、里奈が止めようとしたが遅かった。ちょうど前から歩いてきた男子学生に向かって、葵海は体当たりするようなかっこうでぶつかってしまい、男子学生は手に持っている紙コップをあやうく落としかけた。こぼれたコーヒーが、男子学生の服に飛び散る。

「あ、ごめんなさいっ!」

あわてて葵海はハンカチをとり出して、コーヒーをふきながらひらあやまりする。

「すいませんっ!　だいじょうぶですか、すいませんっ!」

まったくそそっかしいんだから……と、里奈はため息をついた。

同じ学科へ入学してすぐに親しくなって以来、ちゃんと前を見なきゃだめでしょと、葵海には何回となく注意してきた。が、二年以上たった今でも、いきなり駆け出す癖《くせ》はいっこうになおらない。

こんな調子で、はたして遠い異国の地で無事にやっていけるのか。傍で見ているほうが、つくづく心配になる。もっと心配なのは、癖をなおそうという気が本人にさらさらないことなのだけれど――。

「一年だぜ、一年も会えないんだぜ」

音楽サークルの部室では、経済学部三年生の松田直哉《まつだなおや》がさっきから、おちつかないようすで部屋の中を行ったり来たりしていた。

「海外の大学っつったら、毎晩パーティーだろ。性に奔放《ほんぽう》だろ。ほら、海行ったら、みんな裸だろ」

「それは……」

理工学部三年生の中村鉄太《なかむらてつた》は、うーむ、と考えるようにしてから、

「あるな」

と、重々しくうなずいてみせた。その反応に、やっぱりそうだよな、と直哉はますます不安げな表情になる。

「そんなとこに一年もいたら、葵海ちゃん……」

「金髪イケメンの餌食《えじき》だな」

恐ろしくて直哉が口に出せなかったつづきを、ズバリと鉄太はつきつけて、

「ま、クールジャパンって、〝日本人モテる〟って意味だからな。ことばおしえあってるうちに、国際結婚パターンだな」

などと、かなり強引で、かなりゆがんだ解釈をのべて、直哉に追い討《う》ちをかける。

鉄太のいいかげんなクールジャパン論も、弱気になっている直哉には強烈なパンチになったらしい。想像するだけでもいやだと思っているのに、直哉の頭のなかには、葵海が彫

りの深い金髪美青年たちにとりかこまれて、「オー、日本女性ステキ！」「日本ノ神秘カンジマス！」なんて、ちやほやされまくっているという偏見に満ちた光景が勝手にひろがっていく。

直哉は「ああ〜っ！」とうめきながら頭をかかえてから、

「やっぱ、この夏が最後のチャンスか……。はあ〜っ！」

と、深々とため息をついた。

葵海を一目見たときから、いいなあ、かわいいなあ、と想いつづけて、二年以上。さっさと告白すればよさそうなものだけれど、やっぱりふられるのはいやだ。それに、気まずくなるのも困る。友達でさえいられなくなったらいやだし、なんといっても同じバンドのメンバーなんだし……。と、ためらっているうちに、それらしいアプローチをなにひとつできずに今日まできてしまった。

直哉は顔立ちは整っているし、一見細身なのにじつは筋肉質といういかにもモテそうな外見なのだが、意外にも恋愛にはまったくうとい。高校は男子校だったうえに、部活は野球部。人がよくて不器用で、うまく女の子の気をひけるようなタイプではないのだ。

「世の中には、二種類の男しかいない。いける男か、いけない男か」

鉄太は指を二本立ててみせながら、妙に悟ったことを言う。

「……はあ〜〜っ」

二つのうちどちらかっていうなら、俺は絶対に「いけない男」のほうだよなあ、と直哉はため息を深くする。

ところが、鉄太は、

「安心しろ、直哉。おまえなら、いける」

そう言って、うなだれている直哉の肩をたたいた。予想に反したはげましに、直哉は顔をあげる。

「……俺は、いける」

直哉がつぶやくと、そうだ、と鉄太も口調を強くしてくり返した。

「おまえは、いける」

「俺はいける！」

そうか、俺はいける……のかもしれない！　自分に言い聞かせるように直哉が大きくうなずいて、ぐっとこぶしをにぎったとき、

「なにがいけるって？」

葵海の声が聞こえて、直哉がドアのほうをふり返ると、葵海が里奈とつれだって部室へ入ってきていた。

「いや！　べつに！　鉄太くんが……」

あわてて直哉はごまかそうとしたが、葵海はまったく気にとめていないようすで、

「さあ、やろやろ」

と、さっそく準備にとりかかる。カンのいい里奈のほうは、ぎこちない雰囲気《ふんいき》をすぐに察して、

「まーた、直哉にしょーもないことふきこんだ？」

意味ありげに鉄太にささやいたが、鉄太が答えるよりも先に直哉から、

「なんでもねーって！」

この話題はもうやめて、とばかりにさえぎられた。

「あれ、陸は？」

葵海はケースからギターをとり出したところで、部室の中を見まわした。ちょっと外へ出ているだけかと思ったが、荷物も見あたらない。

「あ、まだ。そう、おせーんだよ、あいつ」

ベースを準備しながら直哉が答えると、

「学部じゃ見なかったけど。今日も図書館じゃね？」

と、鉄太もつけくわえた。

陸は鉄太と学科も同じ、理工学部の物理学科。

もうっ、リーダーのくせに遅刻するなんて……。葵海は心のなかで陸に怒りながら、壁に貼られている大判のポスターへ目をやった。

『SETOFES　2016・7・31　SUN』

セトフェスは近くの浜辺を会場にして開催される、毎年恒例の夏祭りだった。特設ステージでおこなわれるライブには、葵海たちの組んでいるバンド、ストロボスコープも出演することが決まっている。

そして、このセトフェスでのステージが、ストロボスコープとしてのラストライブになる予定だった。来月からは、葵海が留学するからだ。

「もう今週末かあ、ライブ」

ポスターをながめながら、葵海はつぶやく。まだ先だと思っていたのに、早いものだ。

葵海がヴォーカルとリズムギター担当。陸がリードギター担当、兼リーダー。ベースギターの直哉、ドラムスの鉄太。入学してまもなくこの四人でバンドを結成して、以来、ずっと同じメンバーで活動している。

直哉と鉄太とは、新入生歓迎会で席がそばになったのをきっかけに知りあったけれど、二人とも気のいい子で、けんかすることもなく楽しくやってこられた。

メジャーバンドのコピーからはじまって、そのうちオリジナル曲も作るようになり、大学の学園祭、地元のお祭り、各イベントと、機会をみつけてはストロボスコープは出演している。

今年は曜日の関係で、偶然にも、セトフェスは葵海の誕生日とかさなった。街をあげてお祝いしてもらえるみたいな気分で、葵海としては、ますますいいライブにしなくちゃとはりきっている。

「終わったら、葵海の誕生日もやるからね」

里奈が言うと、

「お！　いいね〜！　ね、鉄太くん？」

直哉ものり気になって鉄太へ話をふろうとしたが、葵海当人の気持ちはすでに切り替わっていて、

「よし、じゃ、いくよー！　ワン、ツー、スリー、フォー！　『Yeah! Yeah!』……」

愛用のギターをかまえると、まわりのようすを確認もせずにカウントをとって歌いはじめた。

「葵海ちゃん、待った、チューニングを……」

直哉は急いで、ベースを肩にかけるためのストラップに頭をくぐらせる。

「ちょ、ちょっと待って。待って、待って〜っ！」

鉄太はまだドラムセットの前にすわってもいなくて、急ぐあまりによろめいてしまい、あやうくバスドラムにぶつかりかけた。それを見て、葵海はギターを弾く手を止める。

「も〜っ、ちゃんとやってよー」

口をとがらせた葵海は後ろから頭をこづかれて、ふり向くと陸が来ていた。なによ、という顔をする葵海に、

「おまえが先走ってんだよ」

と、陸はもっともな指摘をする。

「おせーよ、陸」

直哉がもんくを言っても、ああ、と短く陸は答えただけで、自分のギターを準備しはじめる。あやまりもしないし、遅くなった理由も言わない。

全員の準備が整ったのをたしかめると、陸は直哉と鉄太に目くばせしてから、葵海に向かってうなずいた。

「ワン、ツー、スリー、フォー！　『Yeah! Yeah! Yeah! Yeah! Yeah!』……」

こんどは、葵海が歌いだすのと、ほかの三人の出だしがぴったりそろった。セトフェスでのライブに予定している曲を、調子よくつぎつぎに演奏していく。

ところが、数曲終わったところで、

「じゃ、俺、行くわ」

とうとつに陸は言って、ギターをおろした。

「え？　もー帰んのかよ？」

直哉が問い返しても、

「うん、ちょっと用事あって」

やっぱり陸は理由を言わずに、

「直哉、Bメロの二個目いくところ、いつもミスるから、日曜までに練習しといて」

「お、おお。Bメロ二個目な」

直哉はうなずきながら、内心ぎくりとしていた。陸に指摘されたのは、自分でもひそかに、やばいなー、うまく弾けないな、まずいなー、とあせっていた個所《かしょ》だったからだ。ごまかせていると思っていたのに、しっかり気づかれていたとは。毎度のことだが、陸の耳のいいことにはおどろかされる。

陸はこんどは、鉄太のほうへ向きなおって、

「鉄太くん」

「ん？」

「クラッシュシンバル」

ひとことだけ言って、ドラムセットの左端を指さした。

クラッシュシンバルがなんだって？　と、鉄太が首をかしげていると、その目の前で、
突然、シンバルを支えているスタンドがけたたましい音を響かせて倒れた。

「おわっ！」

鉄太はびっくりして、丸椅子《まるいす》からずり落ちそうになった。が、陸のほうは眉《まゆ》ひとつ動かさず、おちついた声でつけくわえた。

「スタンド、ダメになってるから、今のうちに替えたほうがいいかも」

「う、うん、わかった」

どうやら、スタンドはネジがゆるんでいたらしい。使っている本人でさえ気づかなかったというのに、すげぇなあ、音でわかったのかな、と鉄太は感心している。

スタンドを起こしている鉄太を尻目に、陸はドアへ向かう。葵海は小走りに追っていって声をかけた。

「陸、今日、車で――」

「わり」

「もー、まだなにも言ってない」

「留学の買い物つきあえ、だろ」

そのとおりだったので葵海が返事に詰まると、陸はそっけなくつづけた。

「おまえの言うことくらい、読めんだよ。俺、いそがしーの」

この「読めんだよ」は、陸がよく使うことばだ。実際、陸はいつだって用意周到。なにごとにつけても手早く準備万端整えて、先を読んで計画的に、余裕を持って行動している感じがする。

なにか用事あるの？　と葵海が問う前に、

「女だろ」

鉄太が割りこんできて、からかうように陸に言った。

「え？」

まさか、と思いながら、葵海は陸を見る。でも、陸のほうはあせるようすもなく、

「さーね」

否定も、肯定もしない。含みを持たせるように少し口もとをゆるめただけで、陸はドアから出ていった。

「はー、あいかわらず、いやみなくらい完璧《かんぺき》なやつ」

陸の足音が遠ざかったところで、練習を見守っていた里奈が顔をしかめた。

「ほんと、腹立つわー」

まったくだよな、という感じに直哉も同意する。遅刻したうえにさっさと帰るなんて、もっとまじめにやれよと言いたいところだが、陸のギターはまったく問題ないからひき止めようがない。

「あ、ね、葵海ちゃん、あいつのすげーダサいとこ、おしえて」

直哉は葵海のほうへ向きなおって、そんなことを言ってきた。

「一つくらいあるでしょ。全力で走ると超キモいとか、昔、教室で緑のゲロ吐いたとか」

「それ、アンタでしょ」

すかさず里奈がつっこむが、直哉は気にせずにつづける。

「好きな子とふたりになると、しゃっくり止まんなくなるとか」

「はあ?」

なんでそんな変な例ばっかり出すのよ、と里奈は笑っている。じつは、好きな子とふたりきりだと緊張してしゃっくりが止まらないというのは直哉自身のことなのだ。この癖《くせ》も、葵海への告白をためらっているひそかな理由の一つだったりする。

「ん〜……」

陸のダサいとこかあ……。葵海は考えこんだ。どんな意外なエピソードが披露されるかと、直哉たちはわくわくして待っている。

しばらく考えたあと、

「……ない」

葵海は首を横にふった。

「ない？」

「一つも？」

そんなわけないだろうという顔をして、直哉と里奈が問い返した。いくら完璧に見えていたって、隠しているおかしな癖やら失敗談の一つや二つ、絶対ないわけがない。人間なんだから。それでも、

「……うん」

と、葵海は答えるしかなかった。陸のダサいところなんて、ほんとうになに一つ思いうかばないのだから。

「昔っから……、そう。いつだって、陸は完璧」

だめ押しのような葵海のことばに、やっぱりかあ、と直哉たちはがっかりしている。

陸にできないことはないもんね……——葵海は心のなかでくり返しながら、陸の出ていったドアを見つめた。

いつだって、あわてず、騒がず。どんなことでも、陸はそつなくこなしてしまう。なんでもよく知っているし、成績も良いし、ギターも巧《うま》い。

幼なじみの葵海でさえ、陸があわてふためくところなんて、これまでただの一度も見たことがない。

2　このままでいいの？

海を見わたせる、お気に入りの丘の上。

「俺、そのレコード、直せる」

大きく割れてしまったレコードを前にして、言いきった男の子。

陸《りく》のこと、顔は見知っていたけれど、ちゃんとことばを交わしたのはそのときが初めてだった。こんなに割れたレコードを直せるわけないのにといぶかしく思いながらも、自信に満ちた陸のまなざしに心惹《ひ》かれた。

あのときから、陸はいつもそばにいてくれる。

俺にまかせろ。そう言いたげなまなざしをして、いつもそばで守ってくれている。

十四年前、あれは七歳の誕生日——。

「葵海《あおい》！」

やさしく甘い夢の余韻《よいん》は、母親の圭子《けいこ》がどなる声で吹き飛ばされた。

もうっ、いい気分で夢見てたのに……。圭子の声は聞こえているが、葵海はまぶたを閉じたまま、まだ目が覚めていないふりを決めこむ。

「夏休みだからって、いつまで寝てる気？　いいかげんに起きなさい！　何度も目覚まし鳴ってるでしょ！」

圭子は荒っぽい足音をたてて部屋へ入ってくると、葵海のくるまっているタオルケットをひきはがした。ベッドの上で、葵海の体がごろんっと反転する。それでも葵海はまだ目を開けようとせず、手さぐりして枕にしがみつく。

「またこんなにちらかして！」

圭子はあきれたように、部屋の中を見まわした。

葵海が寝ているベッドのまわりには、紙切れがいくつもちらばっている。ノートの切れ端、チラシ、紙製のコースター、レシート。一見ただのゴミにしか見えないが、どれにもこまかい文字が書きこまれている。

「もうっ、ぜんぜん荷造りも進んでないじゃない。向こうに送るんでしょ？　だらだらしてたら、飛行機出ちゃうよ！　あんた、買い物は？」

やつぎばやに圭子にどなられて、ようやく葵海はあきらめて目を開けると、のろのろと

体を起こしたが、

「も〜っ、いろいろいっきに言わないでよ」

ベッドの上にすわりこんで、不満げにくちびるをとがらせた。ベッドから動こうとしない葵海に、なおも圭子は言いつのる。

「シャンプーだのリンスだの、持って行くもの、ちゃんと準備しないと」

「そんなの、向こうで買う！　は〜っ、も〜っ、やろうと思ってたのに、お母さんがなんでも先に言うから、やる気なくなる！」

「小学生みたいなこと言ってんじゃないわよ！」

ふだんから小言《こごと》の多い圭子だが、今朝はとくに口うるさい。

ふてくされたような葵海の態度に、圭子の小言がヒートアップしそうになったとき。弟の祐斗《ゆうと》が階段を上がってきて、戸口から顔をのぞかせた。

「母ちゃん、シャケ焦げてる」

「え、やだ、火止めた？」

「見ただけ」

「止めてよ！」

圭子は祐斗にどなってから、葵海へ向かって、

「あんたがいつまでも起きないから！」

などと、自分の火の消し忘れを葵海のせいにして、せわしない足音を響かせながら階段をおりていった。

「ほんと、目の前のことしか見えてないんだから」

葵海が言うと、それを聞きとめて祐斗がつぶやいた。

「姉ちゃんそっくり」

「はあ?」

どういう意味よ、と葵海はいきりたったが、祐斗は無視する。それから、床に放ってあるコミックスをひろいあげて、葵海のほうへしめしてみせる。

「これ、借りてくわ」

「ちょっと待って。祐斗、なにその髪、染めたの?」

「は?　なにもしてねーし」

「なにもって、黒から金になってんでしょーが」

「うぜっ」

そのひとことで葵海の追及をふりきって、祐斗は足早に階段をおりていった。

まったく祐斗ってば、なによ、あの態度……。葵海は腹をたてながら、あらためて部屋の中を見まわした。

たしかに、部屋はちらかり放題。大型のスーツケースもまだからっぽ。ふたを開けたままで放ってある。

さっき、「小学生じゃあるまいし」と圭子に怒られたが、ぎりぎりにならないと準備できないところは、まったく小学生のころから進歩していない。

小学生のときも、朝になってから時間割をそろえはじめたりして、しょっちゅう圭子にしかられたものだった。で、案《あん》の定《じょう》、忘れ物をして、学校についてから気づく。図工の授業に使うハサミとか、体育の赤白帽子とか。

でも、そのたびに陸が助けてくれた。

いつも用意周到な陸は予備を持ってきていて、さりげなく「これ使えよ」なんて葵海に貸してくれたのだ。

買い物だって、陸が車を出してくれたら、とっくにぜんぶすませていたはずだった。

ほら、陸がつきあってくれないから怒られちゃったじゃん……。おかどちがいとわかっていても、葵海は心のなかで、陸に向かってもんくをつけずにいられなかった。

葵海が生まれたのは、この街ではない。

六歳までほかの土地で暮らしていたが、両親が離婚したのをきっかけに、圭子の出身地であるこの街へ引っ越してきた。

父親と別れたうえに、引っ越し、転校。

たくさんのものを、いっぺんに失ってしまった。

それでも葵海は、圭子によけいな心配をかけたくなくて、平気そうにふるまっていた。ときどき、がんばるのがつらくなって、こっそり隠れて泣いていたけれど……。

でも、陸に出逢《であ》うことができて、友達もできて、今では、海沿いのこの街こそが私の故郷という気持ちになっている。

焦げたシャケをおかずに朝食をとったあと、葵海は陸の家へと向かった。といっても、ご近所なので、数十歩も行かないうちについてしまう。

『HASEGAWA COFFEE』

長年風雨にさらされて、看板は文字が少し剝《は》げかけている。

イギリスへ出発するまでに、あと何回来られるかな……。そんな感慨《かんがい》にとらわれながら、葵海は看板を見あげる。

「こんにちは」

大きなガラスの入った木製の戸を開ける。店内から流れてきた涼やかな空気に、ふっと葵海の頬《ほお》がゆるむ。もとは海の家だったのを改築したこの店の中には、太陽のぎらつく真夏でも、いつもここちよくやさしい空気が満ちている。

厚い板張りになった床。テーブルや椅子《いす》は、どれも使いこまれた木製の物。無数の小さな打ち傷が、かえって歴史を感じさせる味わいになっている。

昼間は、ロールブラインドのかかった窓から陽射しが入る。夕暮れどきからは、ほんのりと温かみのある白熱球のスタンドがいくつも灯る。煌々《こうこう》とした蛍光灯は、この店には似合わない。

そして、古びたぬくもりのある内装もさることながら、この店を最も特徴づけているのは、たくさんのレコードだった。壁につけて置かれた大きな棚《たな》に、LPレコードがぎっしりとならべられている。CDはない、レコードだけ。千枚か、二千枚か、もっとあるのかもしれない。

「おお、葵海ちゃん、いらっしゃい」

奥にあるカウンターのところから、ゆったりとした調子の声が返ってきた。

この店の経営者で、陸の叔父《おじ》、長谷川俊太郎《はせがわしゅんたろう》。

いつ来ても、俊太郎は温かく、心からうれしそうに迎えてくれる。ふきげんだったことは一度もない。

「俊太郎さん！　なにしてるの？」

葵海が歩み寄っていってみると、俊太郎はカウンターに置いたレコードにすれすれまで顔を近づけている。指先でつまんでいるのはなにかと思ったら、つまようじだった。

「ん？　針飛び、直してんの」

顔をあげないままに、俊太郎は答えた。

「へえ～。あ、これ？」

葵海も目をこらしながら、レコードの中ほどを指さした。何重にも刻まれた細い溝《みぞ》を斜めに横切って、ひっかいたような小さな傷がついている。

俊太郎は慎重な手つきで、傷がついている部分の溝をつまようじで反時計回りにゆっくりとなぞっていく。それから、カウンターの上についているライトにすかして傷の具合を確認すると、

「おし、これでいけるはず」

自信ありげにうなずいて、レコードをプレーヤーのターンテーブルへのせた。

針が溝をたどりはじめ、曲が流れだす。葵海と俊太郎は息をこらして、回転するレコードを見つめる。が、傷の個所《かしよ》へさしかかってまもなく、ここちよく流れていた曲は、プッ

ッという無粋《ぶすい》な音にさえぎられた。

「あーっ……」

葵海が思わず声をもらすと、

「だめかぁ～」

と、俊太郎もため息をついた。

「もう一回、あとからやってみるか……」

などとつぶやきながら、俊太郎はレコードをプレーヤーからそっとはずした。まるで怪《け》我《が》している人をいたわるように。

こういうところを見ていると、俊太郎はほんとうにレコードが好きなんだなとあらためて葵海は感じる。俊太郎にとっては、レコードはただの物ではなく、一枚一枚が、だいじな友達とか仲間みたいなものなのだ。

この店に置いてあるレコードも、もともとは俊太郎が趣味で収集した物で、すべて自分で選んで買ったのだという。

少しずつ針が進んでいくのが目に見えるところがいいんだ、手ざわりのある感じがいいんだよ、と俊太郎は言っている。

初めてこの店をおとずれたとき、まだ幼かった葵海はおびただしい数のレコードに圧倒されて、どこか別の世界、おとぎの国、レコードの国にでも迷いこんでしまったんじゃないかと思ったものだった。

そして、俊太郎のことを、こんなにたくさんのレコードを持っているんだから、このおじさんはきっとレコード博士にちがいない、それとも、レコードの国に住む魔法使いなのかもしれない、なんて思った。

レコードの国みたいなこの店は、そのころから少しも変わっていない。テーブルも椅子《いす》も、レコードも、俊太郎も。大繁盛《だいはんじょう》することもないけれど、足繁《あししげ》くかよってくれる常連さんたちがいて、陸と二人で暮らしていける程度には利益があがっているらしい。

「あ、そうだ」

俊太郎がレコードをジャケットへ入れたところで、葵海は今日店へ来た用件の一つを思い出した。

「これ、置いてもらってもいい？　里奈《りな》が作ったチラシ」

セトフェスのポスターには、ライブのことは開始時間しか載っていないので、「もっとライブの宣伝しなきゃ！」と里奈は言って、わざわざチラシを手作りしてくれた。出演するグループすべての出番の時間やアピールポイントなどが、かわいいイラストをそえて書かれている。

里奈は絵を描くのが得意で、サークルは美術研究会に入っているほど。ライブのたびに、チケットをデザインしたりチラシやパンフレットを作ったりと協力してくれている。

今回のセトフェスではボランティアスタッフもひきうけていて、顔も広い。よく気がついて、てきぱきしていて、いつもとてもたよりになる。

「おー、いちばんいいとこ置いとこ」

俊太郎はチラシの束をうけとると、さっそくレジ脇のめだつ場所に置いた。

「え、うれしいー！」

「葵海ちゃんたちの出番は、五番目か」

「うん、五番目。絶対見に来てね」

「おお、行く行く」

そんなことを話していると、カウンターの中にある階段をおりてくる足音が聞こえてきて、陸が乱れた髪をかきながらあらわれた。

四年前、高校二年生のとき、陸の父親が仕事で海外赴任《ふにん》になり、母親もそれに帯同したのをきっかけに、陸は俊太郎と同居をはじめた。といっても、子どものころからほとんど毎日陸はこの店へ遊びに来ていたし、小学校も同じだったから、葵海の感覚としては、陸は昔からずっとご近所のようなものだ。

「叔父さん、なんか食うもん」

あいさつもなく、いきなり陸はそう言う。

「今、起きたの？」

葵海が問いかけても、

「ああ」

と、そっけなくうなずくだけだった。陸はふきげんそうに眉《まゆ》を寄せていて、まだ半分眠気がさめていないらしい。

「徹夜だろ。あいかわらず朝から晩まで、わけわかんねー本ながめてさ」

陸のためのパンをトースターに入れながら、俊太郎がそんなことを言った。

「また勉強？　試験も終わったのに」

葵海がたずねても、陸は答えない。口をつぐんだままで、熱いコーヒーをカップにそそいでいる。

あいかわらず、だんまりなんだから……。そう思ってから葵海は、店へ来たもう一つの用件を思い出した。

「あ、陸！　外で里奈と看板作るから、手伝って」

「おお」

しかたなくといった感じに陸はうなずくと、トーストとコーヒーを持って、また階段をひき返していく。

「ねー、ちゃんと来てよ？」

葵海はカウンターから身をのり出して念をおしたが、陸からの返事はない。

ちゃんと聞いてくれたのかな、と葵海は案じながら、階段をのぼっていく陸の背中を見つめた。

来月からのイギリス留学、不慣れな土地での生活にも不安はないけれど、ただひとつだけ、気にかかっていることがある。

それは、陸のこと。

このごろ、毎日、勉強、勉強、勉強。

同じ学科の鉄太《てった》によると、陸は毎日遅くまで図書館で勉強していて、各教授たちの研究室にもしきりと顔を出しているらしい。

大学三年生なのだから熱心に勉強するのは当然かもしれないけれど、それ以外のことが後まわし。バンドのことさえ、なんだかおざなり。

どうして、そんなに勉強ばかりしているの？

このごろの陸はなにを考えているのか、幼なじみの葵海でさえわからない。

「ヤギってさ、紙食べると腸閉塞《ちょうへいそく》で死ぬんだって」

近くの浜辺で、海の家のペットに飼われているヤギに草を食べさせながら、鉄太は聞きかじりで仕入れてきた豆知識を直哉《なおや》に披露した。

自称・情報通《つう》、流行にも人一倍敏感だと自負する鉄太は、なにかとうんちくをたれるのが好きなのだ。ただし、情報源はネットだったり都市伝説だったりと怪しげなことが多いので、役に立つことはあまりない。

だから、ふーん、そうなの、と聞き流せばいいものを、

「え!?　じゃ、白ヤギさんから手紙きたら、黒ヤギさん、どうしたらいいの？」

いたってまじめな直哉は、童謡《どうよう》に登場する黒ヤギさんはだいじょうぶだったのかと真剣に心配している。

「平和だなぁ、おまえ」

などと鉄太は、自分のことを棚《たな》にあげてあきれてから、急にまじめな表情になって直哉のほうへ顔を近づけた。

「……いくなら、さっさといけよ」

少し離れたところにいる葵海と里奈のほうへちらりと目をやりながら、鉄太は直哉にさ

さやく。

「いや、物事には順序ってもんが……、うん」

直哉も葵海をのぞき見てから、うつむいて口ごもる。

鉄太としては、どんな順序だよ、好きですって言うだけだろーが、どーんといけよ、とけしかけたいのをがまんする。

直哉としても、こんどこそ告白せねばとは思っている。でも、俺は「いける男」なのだ、と唱えて自分を奮《ふる》い立たせても、やっぱりあれこれ考えてしまってなかなか実行にうつせない。

とはいえ、イギリス留学への出発は近づいてくるし、悠長《ゆうちょう》に迷っているひまはもうないのだけれど——。

「弟がさー、今朝、急に金髪にしててさ。びっくりしたよー」

里奈といっしょに立て看板の色付けをしながら、葵海は祐斗のことを話題にしていた。

四歳年下、高校二年生の祐斗は、このごろ、思春期《ししゅんき》まっさかりなのか、反抗期なのか、葵海や圭子ともろくにしゃべらない。むずかしいお年ごろというやつかもしれないが、生意気になっちゃって、姉としてはかなり腹だたしい。子どものころは、めそめそしながら葵海の後ろにくっついてきたものなのに……。

「ぜんぜん似合わないのにカッコつけちゃって。彼女できたんだよ、あれ」

まるで借り物のウィッグをのせたみたいだった祐斗の金髪を思い出して、葵海はくすくすと笑った。

でも、里奈は笑わない。なにかほかごとを考えているようすで、いつになく深刻そうな表情をして声をひそめた。

「……ていうか、あんたはこのまんまでいいの？」

「え？」

「陸と」

ふいに自分のほうへ矛先《ほこさき》を向けられて、葵海はとまどった。だまりこんだ葵海に、里奈はつづける。

「向こう行ったら、一年も会えなくなるんだよ。ただの幼なじみですごす夏休みと、彼氏彼女ですごす夏休みはぜんぜんちがうよ」

「……だって――」

「はい、ビビリ決定」

「いいでしょ、べつに、このままでも！」

葵海は少々むきになって、語気を強めた。子どものころから知っているのだから、今さらあせって関係を変える必要なんてない。一年会えなくたって、陸とのつながりはゆらいだりしない。それに、陸はずっとそばにいてくれる確証があるんだと、葵海は胸をはってみせる。

「陸、私の誕生日だけは毎年祝ってくれるし……。昔、約束してくれたの。おまえの誕生日、100歳まで俺が祝ってやる、って」

「あー、はいはい。またその話？」

「ふだん無愛想でも、その約束だけは絶対守ってくれる。ほんとはやさしいんだよね」

どう、それで充分じゃない？　と、葵海は自慢げに笑みをうかべてみせる。が、里奈はひきさがらず、さらに遠慮《えんりょ》のない問いをつきつけてきた。

「じゃあさ、ぶっちゃけ陸に、好きって言われたことあるの？」

その問いかけに、葵海は返事に詰まって、

「……ない」

と答えざるをえなかった。好きとか、つきあおうとか、陸とそういう話をしたことは、これまでない。

ほっね、というように里奈は意味ありげな目つきをして、それから、わざとらしくおどかすような口調でささやいた。

「『私は特別』って思ってるのは、自分だけかも～っ？」

里奈のそのことばは、思いがけないくらい強く葵海の胸にぶつかってきた。

わざわざたしかめなくたって、ふたりとも同じ気持ちでいる。おたがいに特別と思っている。ずっとそう信じていたのだけれど……。じつのところ、少しだけ、ほんの少しだけ、その自信がぐらついている。

このごろ、陸はなにを考えているのか、よくわからない。

それに、陸はけっこうモテるらしいし……。愛想はないけれど、成績も良いし、背が高くて、顔立ちも整っているし。講義でいっしょになった女子たちが、「長谷川くんって、かっこいいよね」とうわさしているのを耳にしたこともある。

でも、いくら女子が勝手に騒いだって、それはそれ。騒がれたからって、陸はなびいたりしない。ほかの女子には、毎年誕生日を祝ってやるなんて言ったりしない。私にだけなんだもん。

そう反論したかったけれど、うまくことばが出てこない。正直、ちょっと痛いところをつかれたのがくやしくて、

「……えいっ！」

たっぷり絵の具をふくんだ筆の先を、葵海は里奈の鼻へくっつけた。里奈は一瞬、きょとんとしたあと、鼻を指でさわって声をあげた。

「え！　ちょっと！」

「ごめん、体が勝手に〜っ」

葵海がわざとらしく小首をかしげてみせると、鼻の頭をブルーに染めた里奈は、ふふん、といった感じに笑ってから、

「えいっ！」

隙《すき》あり、とばかりに、すばやく筆を葵海へ向かってのばした。葵海の鼻にも、里奈と同じように青い大きな点がつく。

「あ〜、ごめん、体が勝手に〜っ」

里奈も小首をかしげて、同じことばを返してくる。

葵海もにっこり笑ってみせてから、「えいっ！」と再び筆をのばしたが、里奈はいち早く察してかわし、逆に、葵海の頬《ほお》へ絵の具をくっつける。頬やら額やらに、絵の具をつけたり、つけられたり。罰《ばつ》ゲームのような顔になりながら、二人は筆を片手に笑って騒ぐ。

「なにやってんだよ、汚れんだろ」

ふいに、葵海たちのそばから立て看板が持ちあげられた。いつのまにか陸が来ていて、

看板を支えながら葵海たちを見おろしている。

「あ、遅いよ、陸」

葵海がようやく絵の具つけ合戦をやめて立ちあがると、陸が来たのを見てか、直哉と鉄太もつれだってやってきた。

「あー、すげー！　里奈、いい感じじゃん」

半分ほどできあがった看板をながめて、直哉は感心している。

「ほんと？」

直哉のほめことばに、里奈の顔がほころぶ。里奈がデザインした立て看板は、波をイメージした模様がさまざまなブルーで描かれていて、よく目立って、涼しげで、セトフェス会場の入り口を飾るのにぴったりだ。

それから直哉は、葵海のほうへ向きなおってたずねてきた。

「今もりあがってたけど、なんの話？」

「え？　べつに！」

陸に聞こえてないよね、と葵海が気にかけた、そのときだった。

後ろのほうから、なにかさけぶ声が聞こえた。なんだろう？　と思う間もなく、葵海たちの上へ、超強力なシャワーかスコールのような水が降りそそいでくる。近くにある海の家の前で工事をしていて、破裂した水道管から水が噴き出したのだった。猛烈ないきおいの水は痛いほどで、あたりはたちまち沼になる。

「なんだ、これ！」

「助けてー！」

突然のできごとに、どっちへ逃げたらいいのかも判断できず、葵海たちは水を浴びながら悲鳴をあげる。

ころげるようにして水からのがれたところで、葵海は重要なことを思い出した。

「看板！　看板は!?」

急いであたりを見まわすと、描きかけの立て看板は、陸がちょうど水しぶきのかからない距離まですばやく避難させてくれていた。

「無事」

陸は看板を軽くたたいてみせる。

ああ、よかった。と、葵海はホッとすると同時に、陸のおちつきはらったようすに腹がたってきた。

「……って、私たちはぜんぜん無事じゃありませんけど!?」

葵海に全身に水を浴びて、髪も服も、靴《くつ》の中までぐっしょ濡れ。直哉、鉄太、里奈も同じ。

それに対して、陸は一滴も浴びていない。

「なんで、おまえだけー？」

直哉が髪から落ちてくる水滴に目をしばたたかせながらうったえると、陸はいつもの平然とした口調で言った。

「おまえらがトロいんだよ」

「はあ!?」

そこまで言う!?

葵海、直哉、鉄太、里奈はいきりたったが、ここまで歴然とした差を見せつけられては反論もできない。くやしがる葵海たちを前にして、陸はあいかわらず余裕の表情をうかべている。

3
告白

7月29日、金曜日。

セトフェスまで――ラストライブまで、あと二日。

夏休みのせいか、校舎内はひっそりしている。それでも、サークル、研究、それに就職相談に来ているらしき学生のすがたがちらほらと目につく。

葵海《あおい》、直哉《なおや》、鉄太《てつた》、それに里奈《りな》の四人は、セトフェス事務局と打ち合わせをすませて、大学へもどってきた。

朝、部室で全員集合になっていたのに、陸《りく》は無断欠席。どこへ行っているのか、メッセージを送ったけれど返信はない。

「あれ？」

わたり廊下《ろうか》を歩いていく途中、葵海はよく見知った人影をみつけて足を止めた。中庭のベンチに、陸が本を読みながらすわっている。

陸、と呼びかけようとして、葵海はやめた。

陸がぱっと顔をあげたと思うと、肩先までのまっすぐな髪をゆらした女の人が駆け寄っていった。待ち合わせをしていたのかな、と思わせる雰囲気《ふんいき》。内容までは聞こえないけれど、陸とその人は熱心に話しこんでいる。

葵海につられてほかの三人も足を止めて、陸のほうへ目をやった。

「んだよ、あいつ、来てんなら顔出せよ」

直哉が不満げに顔をしかめる。葵海はむしろ、陸に声をかけてきた相手のほうが気になっていた。

「だれだろうね」

葵海がつぶやくと、鉄太が答えた。

「ああ、物理の院生」

「ふーん」

「まあ、あれだな、自分を成長させてくれる年上パターン」

さも心得ているといったふうに、うん、うん、と鉄太は腕組みしてうなずく。鉄太のことばは胸に刺さったが、葵海は平気そうにとりつくろって声をおし出した。

「……へえー、陸もやるねー」

あの院生の名前は、小原遥《おばらはるか》。

理工学部内では評判の美人、それでいて成績は非常に優秀。後輩にもやさしくて、彼女にあこがれている男子学生はたくさんいるんだ、などと鉄太は聞いてもいないことまでおしえてくれる。

このあいだ、「女だろ」って言われて否定しなかったのは、まさか、あの人のことじゃないよね?

ふっと、そんな考えが葵海の胸にうかぶ。まさか、まさかね、と思っても、胸のざわつきが止まらない。


ちょっと用事を思い出したからと言い置いて、直哉は一人だけ部室へもどらず、別の場所へと足を向けた。

図書館をのぞいてみると、思ったとおり、陸が閲覧机《えつらんづくえ》にすわっている。本をさがしに陸が席を立ったところで、直哉は小声で呼びかけた。

「おう、陸、陸」

こっち来いよ、と手招きする。本を片手にやってきた陸を、直哉は人目につかない隅のほうまでひっぱっていった。

「なに？」

「あ、あの～、話があってさ。え～、その～……」

どこから切り出したものかと迷っていると、先に陸のほうから言った。

「葵海のことだろ」

「は？　なんで……」

「ふつうに読めるわ」

「……あ、はは、そうだよな」

いや、これで「読める」ってテレパシー並みじゃないかと思ったが、そこにこだわっている余裕はない。とにかく話を先へ進めることにして、さらに直哉は声をひそめた。

「おまえ、葵海ちゃんのこと、どう思ってんの？」

「べつに」

「べつに、って……」

まるで関心ないといった感じの短い答えに、直哉はあきれて口をつぐむ。それから、にらむように陸を正面から見つめて、本題をつきつけた。

「じゃあ、俺、告《こく》るけど、いいよな」

「いんじゃない。なんで俺に聞くの？」

その答え方は、そっけないをとおりこして冷淡にも感じるほどだった。

陸の態度に、直哉は激しい怒りが湧いてきた。「なんで」じゃないだろ？　それ、本気で言ってるのかよ？　たしかに陸は、冷静で、頭良くて、完璧《かんぺき》なやつだ。でも、こういうことだけは、もっと真剣に答えるべきじゃないか？

これまで告白できなかったのは、勇気を出せなかったり、気まずくなるのがいやだったからだけれど、大きな理由はほかにもある。

陸は葵海を好きなんじゃないかな、と思っていたから。恋に順番はないといっても、幼なじみの陸がもしも好きならば、出し抜くみたいなまねはしたくない。陸なら、そんなことくらいお見通しだろうに……。

「あー、そう」

直哉は大きくうなずいてから、語気を強めた。

「わかった！　仁義は切ったからな。あとでもんく言うなよ！」

言い終えるなり、直哉は陸に背を向ける。立ち去る足どりが、つい荒っぽくなる。

「直哉」

ふいに、陸が呼び止めてきて、そして、ふり向くことなく言った。

「……たのむな」

「はあ？」

直哉は足を止めた。「たのむ」って、どういうことだよ？　陸のほうをふり返る。でも、すでに陸は直哉の存在を忘れたように、手に持った本を開きながら席へ向かって歩きだしたところだった。

今日、これから告白する。

直哉はそう決心して、部室へもどったあと、待っていた葵海、鉄太、里奈と昼食をとりに出かけた。

好物の回転寿司に行っても、緊張であまり食が進まない。のろのろと寿司を口へはこびながら、テーブルをはさんで斜め前の席にすわっている葵海をうかがう。いざとなると、また迷ってしまうところが、われながら情けない。が、さっきの陸の冷ややかな態度を思い出し、今しかチャンスはないと思いきって切り出した。

「葵海ちゃん、あの……、このあとさ、ちょっと神社へ行ってみない？」

これだけである程度察してくれるといいなと思っていたが、期待に反して、葵海はいつものおしゃべりと同じ調子で問い返してきた。

「このあと神社？　なんで？」

自分だけがさそわれているのだ、ということにさえ葵海は気づいていない。

「うん、ちょっと、話あって……」

あいまいに直哉が答えると、となりから鉄太が口をはさんできた。

「メンドクセーわ、ここで話せよ」

「いや、鉄太くんはいい。葵海ちゃんに用が……」

そのことばに、葵海がいぶかしげに首をかしげた。

「私？　なに、用って？」

「いや……」

直哉が口ごもったのを見て、ようやく鉄太は察しがついた。やばい、「ここで話せ」なんて言ってしまった。内心あわてているのを隠しつつ、なんとかせねばと鉄太はフォローを入れる。

「あー、あれな。うん、神社はある。神社はあるぞ」

しかし、鉄太のことばはフォローになるどころか、かえって葵海に不審をいだかせただけだった。

「はあ？　気になるから、今言ってよー」

なにかあったのか、なにかトラブルなのか。葵海はもう一刻も待てない気持ちになって、直哉のほうへ身をのり出す。

「うう……、ほら、わかるっしょ！」

「わかんないよ？　言ってよ！」

「だからっ、わかるっしょ！」

「だから、なに!?」

「あ～、もうっ！　みんなの前で言ったら、告白になんないっしょ！」

「……え？」

葵海が目をみはり、直哉は硬直する。鉄太は、やっちまったーと天井をあおぐ。里奈は息をのんで動きを止める。

四人とも口を閉ざす。にぎやかな店内で、葵海たちのいるテーブル席だけが真空のように静かになる。

沈黙をやぶったのは、鉄太だった。

「いや、アリ！　ぜんぜんアリアリ！　そういうパターンもある！」

ことさら明るくはげましたが、葵海、直哉、里奈は口をつぐんだままでいる。再び、息苦しい沈黙がすぎたあと、

「……そういうことだから」

直哉はそれだけ言い残して、葵海と目を合わせることなく席を立った。

葵海は呼び止めもできずにすわったままでいて、横にいる里奈が顔をこわばらせているのにも気がついていなかった。


大学を出てからも、昼食のときの告白が葵海の頭から離れない。

直哉から想われているなんて、ぜんぜん知らなかった。いつも親切にしてもらったけれど、直哉はだれとでも笑顔で接するから、とりたてて好意を向けられているとうけとったことはなかった。

陸が聞いたら、どんな反応するのかな……？　ふっと、そんなことを考えてみる。でも、陸には言いたくないけれど……。

おちつかない気持ちをかかえたまま、葵海は見慣れた『HASEGAWA COFFEE』の戸を開けた。

「お、葵海ちゃん、いらっしゃい」

いつものように、俊太郎《しゅんたろう》がおだやかな微笑《ほほえ》みで迎えてくれる。店内へ入ったとたん、カレーのいい匂《にお》いが鼻を刺激した。

「まだ帰ってないな。夕飯、カレーだから食べていきな」

「俊太郎さん、陸は？」

「うん。じゃ、上で待ってる」

俊太郎が作るカレーは、市販のルーは使わないで、じっくり飴《あめ》色になるまで炒《いた》めた玉ねぎに、さまざまなスパイスを工夫《くふう》して入れてある。「暑くて食欲ないときでも、これだけはおいしく食べられる」と言って、カレー目当てにおとずれるお客さんもいるほどの人気メニュー。葵海も大好物だ。だから、すごくうれしいのだけれど、今日はあまりはしゃぐ気になれない。

葵海は階段をのぼっていって、二階にある陸の部屋へ入った。

床は畳《たたみ》、ふすま、木目の天井という、ありふれた和室。畳の上にパイプベッドが備えてあって、ほかには机、棚《たな》、ローテーブルなどが置いてある。アーティストのポスターとか、飾りのようなたぐいはほとんどない。

俊太郎と正式に同居をはじめるより前から、陸はずっと、この部屋を自分専用にして使っている。

本棚をのぞいてみると、『数学的な宇宙』『量子物理学の発見』『量子物理学のための線形代数』といった、葵海には内容の想像もつかないようなタイトルばかりがならべられていた。

物理学科の陸がこういう本を持っているのはあたりまえかもしれないが、下の段までたどってみても、小説やエッセーのたぐいは一冊も見あたらない。

昔は、むしろ、陸のほうが物語好きだったのに……。

そもそも陸は、国語とか社会のほうが得意で、高校も文系のクラスだったから、大学で理工学部を受験したときはびっくりした。いつから物理学に興味を持つようになったのか、葵海でさえ知らない。

子どものころ、陸はしょっちゅう読書していた。童話、冒険小説、探偵小説、ファンタジー小説。こまかい文字で印刷された分厚い本でも読みこなしていて、同い年なのにすごいなあと感心したものだ。

葵海が翻訳家《ほんやくか》になりたいという夢を持つようになったのも、じつは陸の影響が大きい。もともと本を読むのは好きだったけれど、陸と知りあって、日本だけでなく海外の物語のことなどもいろいろとおしえてもらうようになって、それでますます本の世界に魅力を感じるようになったのだから。

ふと横へ目をやると、本棚の脇に、数十冊以上の本がひもで十字に固く縛《しば》って置かれていた。タイトルを見ると、陸がたいせつにしていた児童文学の本などだった。本の上には、すでにうっすらとほこりがたまっている。

こんなふうにかたづけてあるのは、もう要らないってことだろうか……。縛られた本へ、葵海はそっと手をふれた。

陸のことが、ますますわからなくなる。

夏休みなのに、どうしてそんなにいそがしいんだろう？　まさか、あの人と会っているから……？　小原遥という院生のことが、葵海の頭をかすめる。

そんなわけないよね、と無理に少し笑ってその考えをふりはらったとき、だれもいないはずの部屋の中で物音がした。

びくっとして見まわしてみると、押入れのふすまが動いている。不審に思いながら葵海が開けてみると、

「きゃっ！」

中から飛び出してきた茶色いかたまりは、長谷川《はせがわ》家の飼い猫だった。

「もーっ、びっくりさせないでよ」

葵海がもんくを言うと、猫はこたえるようにひと声鳴いてから、すましたようすで廊下《ろうか》へ歩いていった。

開けた押入れの中をなにげなくのぞく。上の段には、荷物といっしょにレコードプレー

ヤーが置かれている。昔からだけど、変わった場所に置いてるよねえ——と思いながらながめて、ふと葵海は首をかしげた。

ターンテーブルにはLPレコードがのせてあるが、通常は中央に貼られているはずの丸いラベルがない。どんな曲が入っているんだろうと気になって、レコードの両端を指ではさんで持ちあげたとき、

「さわるな」

ふいに陸の鋭い声が聞こえて、葵海の手からレコードが落ちた。

「あ、ごめん……」

葵海がひろおうとするよりも先に、陸がすばやく手をのばす。そして、慎重な手つきでレコードをターンテーブルにもどすと、ふすまを閉めた。

「え、なんで隠すの?」

「おまえに見られたくないもんもあんの」

「わかった。エッチなやつだ」

「さあね」

「むずかしそうな本ばっかりならべちゃって、無理しちゃって」

からかっても、陸からは反応がない。怒って言い返してくれれば、縛ってある本のこと

とか話ができるのに。もともと愛想のない陸だけれど、このごろはとくに返事がそっけなくて会話もはずまない。

葵海は気をとりなおして、今日来た用件を切り出した。

「あのさ、陸。日曜のライブに――」

「どーせ、新しい曲作ろうとか言うんだろ」

「え、うん……。なんでわかったの？」


やっぱりいつものように「読めんだよ」ってとこなのかな、と葵海は思いながら、一階にもどってテラスへ出た。陸といっしょにテーブルセットへすわる。

もとが海の家だったから、板張りのテラスは広々としていて、ここちよく潮風が吹きぬけていく。

葵海がトートバッグを逆さまにすると、テーブルの上に何十もの紙切れがちらばった。ノートの切れ端、紙製コースター、チラシ、など。

「あ〜……、何度言ってもむだだけど、まとめてから持ってこいよ」

陸はあきれながら、紙切れを一つずつていねいにならべていく。

紙切れに書きこんであるのは、葵海が思いついた歌詞のアイディア。専用のノートを持ち歩いたりとか、スマートフォンにメモすればいいのだろうけれど、パッと頭にうかんだときすぐに書きとめておきたくて、つい手近にある紙を使ってしまう。この癖《くせ》も、どうしてもなおらない。

「はいはい」

葵海はてきとうに返事をしてから、紙切れの一つを選び出して陸の前へ置いた。

「あ、これこれ。歌いだしはこんな感じがいいかな、と思って」

「ん〜、こう？」

陸はすぐにギターで伴奏をつけながら、紙切れに書いてあることばにメロディーをつけて歌いはじめる。

「『君と交わしたことばが　頭の中　何度も巡る』……」

陸のくちびるからこぼれてくる歌声に、葵海は思わず聴きほれた。

葵海が歌詞を書いて、陸がメロディーをつける。この方法で何曲もストロボスコープのオリジナル曲を作ってきたけれど、ことばが歌に変わる瞬間は、毎回、すごいことに立ち会っている気分になる。

自分で書いたことばなのに、陸のつけるメロディーにのると、ふわっと光をまとったように生き生きと輝きはじめる。こんなすてきな歌詞、私がほんとに書いたのかな、なんて思ってしまう。

そして、その場ですぐにきれいなメロディーをつけてくれるなんて、陸って才能あるなあ、と感心する。

「つづきは？」

陸にうながされて、

「あ、えーと……、あ！　これとか？」

葵海は急いで、箸袋《はしぶくろ》の裏に書いたことばを選び出した。陸は箸袋を手にとってながめる。

「いいじゃん。葵海らしい歌詞だな」

「ほんと？」

めずらしくほめられた。葵海がよろこんでいたら、陸がつぎに言ったのは、

「うん。〝とんかつとん喜〟」

「それはお店の名前！」

葵海はテーブルの下で蹴《け》ろうとしたが、すばやく陸はよけた。たしかに葵海は食べるの大好き。食欲旺盛《おうせい》で、なんでも好ききらいなく食べる。

「……もうっ！」

葵海がくやしがると、ふっと陸は口もとをわずかにゆるめた。

あ、笑った。やっと笑ってくれた。

いかにも大食いみたいに言われたのがくやしい反面、ひそかに葵海はうれしくなった。陸の笑顔、このごろ、あまり見ない気がする。

「じゃ、つづきね」

葵海はテーブルの上にあるとんかつ店の箸袋を裏返して、陸の前へ置きなおした。ギターで即興《そっきょう》の伴奏をつけながら、再び、陸は歌いはじめる。

「『君と交わしたことばが　頭の中　何度も巡る　触れてみたいだけなんだよ　その目に映るすべての色』……」

「え、さっきのコード、なに？」

使ったことのない和音の響きを耳にして、葵海は陸の手もとをのぞきこむようにした。

「これ？」

陸がギターを鳴らしたが、葵海は首を横にふる。

「ううん」

「これかな」

再び、陸がコードを弾《ひ》く。

「あ、それ！」

おもしろい響きだなあ、と葵海は身をのり出した。

「弾きたい！　おしえて！」

いいよ、と陸はうなずくと、ギターを葵海へ手わたした。それから、ギターをかまえた葵海の後ろへまわりこんで、ネック部分を指でしめして言った。

「えーと、親指、ここかぶして」

「こう？」

「あと、ここと、ここを押さえて」

「えっと、こう？」

「うん、で弾く」

陸の合図で、葵海は右手で六本の弦を上から下へいっきに鳴らした。が、にごった不快な音が響いただけだった。さっき陸が弾いたのとはまるでちがう。

「あはは……」

われながらへただなー、と葵海はごまかし笑いする。同じようにやっているはずなのに、どうしてこうもちがうのか。

「ううん、こうこうこう」

陸がもう一度、左手の指の位置をおしえる。

「ええ〜、うーん……」

陸の指示どおりに葵海はやろうとするが、だんだん指がひきつってくる。ギターのコードは、左手の指を使って弦を押さえるのだが、できるだけ正確で澄んだ音を出そうとして一本の指に力を入れると、ほかの指がういてしまう。

「押さえらんないよ、無理。だって、私の手、これだよ」

葵海は口をとがらせて、左手をひろげてみせた。手が小さいのはギターを弾くのに不利だよね、といつも思う。

「そこまで変わんねーだろ」

ふいに、陸は自分も左手をひろげて、葵海の左手にぴったりとかさねてきた。陸の顔が間近になって、目と目が合う。

「ぜんぜんちがうじゃんっ」

頰《ほお》が熱くなったのを隠そうと、葵海は左手をひっこめて顔をそむけた。自分でもわかるくらい鼓動が速くなっている。陸にふれられた左の手のひらも、第二の心臓になったみたいに脈打って感じられる。

「ちがうか」

陸は葵海の後ろから離れて、もとの椅子《いす》にすわりなおした。陸のほうは、あわてるようすがまったくうかがえない。

「……いつも思ってたんだけど、陸もライブで歌えばいいのに」

葵海はまだ高鳴っている胸をおさえながら、陸へギターを返した。

「俺、そういうのはいいから」

「昔からそんなんだったっけ、陸って。いつのまにかおちついちゃってさ、中身、おじさんだね」

ここまで言ったら少しは怒るかなと思ったのに、

「おまえらが、ガキすぎんだよ」

と、あっさりかわされてしまった。

そんなこと言ったって同い年なのに、一人だけオトナって顔しちゃって……。葵海が不満に思っていると、

「なあ」

ギターをつまびきながら、陸が口調を少しだけあらためた。

「もし……、俺がどっかいなくなっても、直哉とうまくやれよ」

「……え?」

直哉の名前が出てきて、葵海はおどろいた。告白されたことは話していないのに、陸は

とっくに直哉の気持ちを知っていたんだろうか。

葵海へ目を向けることなく、陸はつづける。

「おまえが、これから先、つっ走ってころぶの、俺がいつもつかまえてやるわけにもいかねーし。あいつ、バカだけど、すげーいいやつだから」

葵海は息が止まりそうになって、陸を見つめた。さっきまでとは別の感情で、鼓動が不安定に速まる。こちらを見ようとしない陸に、葵海は心のなかで問いかける。

「直哉とうまくやれ」、って……。

それって、どういう意味？　もう俺はめんどうになったんだ、おまえの世話をやきたくないんだ、って意味？

「『私は特別』って思ってるのは、自分だけかも～っ？」――里奈のことばがよみがえってくる。もしかしたら、ほんとにそういうことだったの？

でも、約束したじゃない、１００歳の誕生日まで祝ってやる、って。

あの約束は、もう終了にしてほしいってこと？　私はずっと、陸のことばを信じてきたんだよ？

陸が好き。

十四年間、ずっと好き。

陸だけを、ずっと、ずっと好きだったのに……。

「……たしかに。そーかもね」

葵海はけんめいに声を押し出して、無理やりに笑いを貼りつけた。動揺《どうよう》を隠したつもりだったけれど、声がかすれている。

「曲、やっぱ間にあわなそうだから、いいや」

葵海はテーブルの上の紙切れをかきあつめると、無造作《むぞうさ》にトートバッグへつっこんだ。

葵海が背を向けても、陸はひき止めなかった。

4　すれちがう想い

7月30日、土曜日。

セトフェスは、いよいよ明日。

今日も、陸《りく》は朝から、大学の図書館をおとずれていた。閲覧机《えつらんづくえ》にすわって、ノートをひろげる。

いつも持ち歩いている一冊のノート。

なんの変哲もない方眼ノートだが、使いこまれて端がうっすらと汚れている。このノートは、だれにも、いっしょに暮らしている俊太郎《しゅんたろう》にさえ見せたことはない。

ひろげたページには、すでにいろいろ書きこまれている。あることを考えながら、陸はそのページをじっと見つめる。

でも、それしかないのか？　ほんとうにそれしかないのか？

まだ迷いがないわけではない。これでもだめだったら、もし、これでも失敗だったら、そのときは……。

でも、ほかに方法はない。何日も考えて、考えて、考えぬいた結論だ。

陸は深呼吸をすると、ページの下のほうへ、一文字ずつ力をこめて書き入れていった。

『今まで試していないことをする』

それから、その決心を自分自身に再確認するように、赤いペンでゆっくりと文字をかこんでいった。

「『直哉《なおや》とうまくやれよ』『あいつ、バカだけどすっげーいいやつだから』……まるでひとごと」

浜辺で立て看板の仕上げをしながら、葵海《あおい》は陸の口調をまねて、昨日のことをくり返し里奈《りな》にうったえていた。陸に腹がたって、くやしくて、悲しくて、さまざまに乱れる気持ちを自分のなかだけに抑えておけない。

「ふーん」

里奈はとくに意見を言うこともなく、あいまいにうなずきながら葵海の話を聞いている。

「こっちの気も知らないで……」

葵海がさらに言いつのろうとしたとき、スマートフォンから着信音が鳴った。たしかめてみると、直哉から『今、なにしてる？』とメッセージがとどいている。

「あ、やば……」

「直哉？」

「うん」

昨日の昼食以来、直哉とは顔をあわせていない。どう返信したものかとためらっているうちに、つづけて、また直哉からメッセージが送られてきた。

『昨日は、みんなの前でごめん』『ちゃんと話したいから会えない？』『明日のライブの打ち合わせとかもしたいし』

メッセージを見ているうちに、ふっとため息がもれた。

昨夜、もしかしたら陸が追いかけてきてくれるんじゃないかと少しだけ期待していた。せめて、電話とかメッセージをくれるんじゃないか。誤解させたとかってあやまってくれるんじゃないか。そう思って待っていたのに、結局、陸からはなんの連絡もなかった。

今日だって、あいかわらず陸は顔も見せない。浜辺でセトフェスの準備をしていることはわかっているはずなのに。

特別と思っていたのは自分だけで、陸には初めから、そんなつもりなかったのかもしれない。

なにかと世話をやいてくれたのは、ご近所だから、幼なじみだから。

毎日顔をあわせるから親しくしているだけで、イギリスと日本に離れたら、関係も薄れてしまうのかもしれない。それとも、陸の心はすでに、ほかの人に向いてしまっているのかも……。

「もう、陸がそこまで言うなら、直哉でいいからつきあっちゃおうかな」

葵海がため息まじりにつぶやいたとたん、色付けしていた里奈の筆が止まった。

「……『直哉でいいから』？」

里奈はゆっくりと顔をあげて、葵海のことばをくり返す。そして、射抜《いぬ》くようなまなざしを向けて言った。

「直哉が今まで、どれだけ葵海のこと想ってたか、知ってるの？」

「え……」

「一年のときから、ずっとだよ。ずっと片想いしてたんだよ。葵海がイギリス行っちゃうからって、勇気ふりしぼって、やっと気持ち伝えたんじゃん」

「……」

「その気ないなら、ちゃんとふってやんなよ。それとも、なに？　陸がダメなら、直哉にいくの？」

「そんなつもりじゃ……」

葵海は口ごもって、うつむいた。里奈からこんなふうに厳しい口調をされたことは、これまでなかった。どんなに葵海がつっ走った言動をしても、いつでも、あきれながらもそばで助けてくれていたのに。

「どれだけ勝手なの？」

だまりこんだ葵海に、里奈はいっそう鋭いことばをつきつける。

それきり里奈も無言になって再び作業をはじめて、色付けを完成させると、葵海に声もかけずに看板を持って立ちあがった。

去っていく里奈の足音を聞きながら、葵海はようやく気がついた。里奈は直哉を好きだったんだ、と。

ひとり残された葵海は、うつむいてしゃがんだまま動けない。

「どれだけ勝手なの？」――里奈のことばが何度も耳もとでくり返されているように頭のなかで響いて、後悔で胸が締めつけられる。

直哉を陸の代わりにしようとか、そんなつもりはなかった。愚痴《ぐち》を言っただけのつもりだった。

でも――。

そんなつもりじゃなかったとしても、たとえ本気じゃなかったとしても、言っていいことと悪いことがある。

「夕飯、カレーうどんな」

閉店の札を表に出して、フロアの灯りを消したところで、俊太郎は陸へ声をかけた。カレーを作った翌日の夕食は、たいていカレーうどんと決まっている。

「うん」

このところ、家にいるときには自分の部屋にこもりっぱなしになっていた陸が、今日はめずらしく一階へおりてきていた。でも、なにをするわけでもなく、さっきからソファーで猫をひざにのせている。

「あ、明日の葵海ちゃんの誕生日、祭りのあとに――」

俊太郎が言い終わるよりも前に、そっけなく陸がさえぎった。

「あー、叔父《おじ》さんにまかせるわ」

「薄情なやつだねー。葵海ちゃん、かわいそー」

「今、それどころじゃないんだよ」

それがどういう意味なのか、陸はそれ以上説明しようとしない。猫の背中をなでている陸に、俊太郎は問いかけた。

「昨日、葵海ちゃんとなにかあった？　葵海ちゃん、カレーも食べないで帰っちゃったけど」

「……べつに」

「調子こいてると痛い目あうぞー。女ってのは、見限ると、もう、ほんとびっくりするくらい早くいなくなるからな」

まるで俊太郎のことばを理解したかのように、猫が急に両耳を立てる。そして、陸のひざから飛びおりると、足音もたてずにすばやく歩いていって物陰へすがたを消した。

「叔父さんは？」

猫の歩いていったほうへ目をやりながら、陸がたずねた。そのあたりにいるはずなのに、隠れる名人の猫は、別の次元へ消えてしまったように気配もさせない。

「ん？」

「もうずっと、独りでいるつもり？」

陸の問いかけに、俊太郎の表情がゆらぎ、店の一角へ視線が流れた。

その先にはフォトスタンドが飾られていて、中には一人の女性の笑顔があった。めだたない場所にひっそりと置かれているが、きれいにほこりがぬぐわれていて、たいせつに手入れされていることがうかがえる。

俊太郎の亡くなった妻の写真。

病気で妻がこの世を去ってから、十年間。

店の一角にはつねにあのフォトスタンドが飾られていて、妻の写真はおだやかな微笑をたたえながら、毎日この店を見守りつづけている。

少しのあいだ、俊太郎はだまってフォトスタンドのほうへ目を向けていた。写真の中の妻と語りあうように。

そのあと、

「俺は、ぜんぜん？　この店と同じ？　いつでもウェルカム。ま、向こうがこないだけ」

そんなふうに答えて、かすかに笑みをうかべる。

陸も少し笑みをうかべて、それから、カウンターの中に吊るされているカレンダーへ目をやった。

『セトフェス』『あおいちゃん誕生日』

明日の欄《らん》の書きこみを、じっと見つめる。

明日、あの決心をいよいよ実行にうつす。確実に実行できるように、その手順を頭のなかで何回も反すうしながら――。

5 涙のライブ

7月31日、日曜日。

セトフェス当日。

今日は朝から、お祭りのためにあつらえてくれたような、まさに雲ひとつなく澄みきった空がひろがった。

快晴の空にさそわれて、例年以上に多くの客がセトフェス会場へ足をはこんでいる。

焼きそば、わたあめ、かき氷。フウセン釣り、射的などの屋台がならぶ。フリーマーケットのスペースでは、不用品を安値で売ったり、それぞれに趣向を凝《こ》らしたハンドメイドの品々がならべられている。

広場にあつまった客たちは、マジック、ジャグリングなど、大道芸のパフォーマンスに歓声をあげる。

大学の友達、圭子《けいこ》、俊太郎《しゅんたろう》、それに祐斗《ゆうと》も、彼女らしき女の子とつれだって来ていて、

「はいっ、口開けて」

彼女につまようじでたこ焼きを入れてもらい、

「あつっ、熱い熱いっ！」

なんて目をしばたたきながらも頬《ほお》をゆるめて、最近葵海《あおい》や圭子には向けたことないような甘い笑顔を見せていた。

呼びこみの声や笑いのあふれるなか、特設ステージではライブが催《もよお》されていて、こちらもたくさんの観客でもりあがっている。

少し離れたところ、出演者の控え用に用意された大型テントには、ストロボスコープのメンバーがあつまっていた。

でも、四人でテーブルをかこんでいるものの、一人ずつ離れてすわり、ほとんどだれも口を開かない。

直哉《なおや》は気づかわしげに、ちらちらと葵海のほうへ目をやっている。鉄太《てった》はほかの三人のようすをうかがいながら、ときどき声をかけたそうに身をのり出しては、思いなおしたようにやめる。

陸《りく》はどこかおちつかないようすで、さっきからしきりと腕時計をのぞいている。葵海はだれとも目を合わせず、自分の手もとばかり見ていた。

うつむく葵海の耳に、ステージのほうから拍手が聞こえてきた。

だんだんと、出番が近づいてくる。

いつもは、これからステージに立つと思うと、よーし、いくぞ、と自然と気合いが入る。人前で歌えるのが楽しくて、うれしくてたまらなくて、わくわくしてくる。でも、今日は気分がしずんだままだ。

「ストロボスコープのみなさーん！　つぎ、出番でーす。そろそろ、スタンバイしてくださーい」

運営スタッフから声をかけられて、葵海たちは席を立った。四人ともあいかわらず無言でステージ袖《そで》のほうへ歩いていく。

こんな顔してちゃだめだ。これからステージに立つんだから、楽しそうな顔しなくちゃ。葵海がそう自分に言い聞かせて、無理に笑みを顔に貼りつけようとしたとき、

「来てないみたいだな、里奈《りな》」

鉄太がそばへ来て、葵海にだけ聞こえる小声でささやいた。

ライブのときはいつも、里奈はいろいろ手伝ったり、差し入れを持ってきてくれたりし

ている。でも、今日はまだ顔を見せない。昨日別れてから、里奈からは電話もメッセージもない。かといって、葵海は自分から電話することもできないでいた。なんと言えばいいのか、怖くて……。

「なにか連絡あった？」

葵海がたずねると、鉄太は首を横にふった。

「いや、ないけど。まあ、目の前であんな告白見せつけられたらな」

「鉄太くんは知ってたの？　里奈の気持ち」

「や、バレバレだろ。なんの用もないのに、しょっちゅう部室来て、直哉のことばっか見てたし」

葵海はがくぜんとして、鉄太を見つめた。

毎日いっしょに講義をうけて、いっしょに昼食をとって、いろいろおしゃべりして、里奈とはいちばん仲のいい友達のつもりでいたのに。鉄太でさえわかっていた里奈の想いに、自分はまるで気づいていなかったなんて……。

「ま、気にすんなって」

葵海が顔をこわばらせたのを察してか、鉄太が明るく言った。

「ほら、言うだろ、流した涙の数がオンナをきれいに――」

「出番でーす！」

鉄太のことばは途中で、運営スタッフの合図にさえぎられた。

四番目の出演バンドが演奏を終えて、拍手に送られながらステージをおりてくる。鉄太についていってステップの前まで進んだとき、ふいに葵海は腕をつかまれた。びくっと肩をすくめてふり向くと、後ろにいたのは陸だった。

「深呼吸しろ。顔、険しいぞ」

こんなときでも、陸の指示は的確だった。それが正しいのだろうけれど、でも今は、すなおにしたがう気にはなれない。

「……陸みたいに、いつも冷静じゃいられないんだよ」

「だいじょうぶだよ。おまえは、いつもみたいに笑ってれば」

陸のそのことばに、葵海は息をのんだ。おまえは鈍感で、のんきで、なにも気づかないお気楽なやつ。そう指摘されているみたいだった。

「……なにそれ、いやみ？」

陸に言い返す声が震える。

こんな状況で笑えるわけないのに……。ああ、そうか、と葵海は思った。そうか、陸は平気なんだ。昨日のことも、べつになんとも思ってないんだ。重くうけとめていたのは私のほうだけだったんだ……。

「お待たせしました！　つぎのバンドは、ストロボスコープのみなさんでーす！」

アロハシャツを着た司会者の陽気な紹介の声につづいて、観客から拍手がおこった。

葵海はのろのろとステップをのぼっていって、ステージの正面中央に立った。陸、直哉、鉄太も、それぞれの位置にスタンバイする。

「ワン、ツー、スリー、フォー！」

鉄太がスティックを鳴らして合図したのを聞いて、葵海はスタンドマイクに向かって歌いだそうとした。

でも、声が出ない。

鉛《なまり》のかたまりで栓《せん》をされてしまったように、のどが詰まる。歌わなくちゃ、ここはステージなんだから。葵海はけんめいに自分に言い聞かせて、

「『Yeah! Yeah! Yeah! Yeah!』……」

なんとか声をしぼり出したが、すぐにまた止まってしまった。つぎの歌詞がわからない。

自分で書いた歌詞なのに。

「おねえちゃ～ん、がんばれ～っ！」

酔っぱらったような男性の声援がかかって、観客から笑いがおこった。

葵海の顔がいっそうひきつり、背中をまるめてうつむいてしまったのを見てとって、直哉と鉄太は演奏を止めた。が、陸だけはギターを弾《ひ》きつづけている。

「陸！　陸！」

何回も鉄太が呼びかけて、ようやく陸は手を止めた。

ぎこちない静けさがひろがったあと、観客席のあちこちからざわめきがおきる。

「あれ？　どうしちゃったかな～？」

見かねた司会者がわざと軽い調子でしゃべりながら、ハンドマイクを片手に急ぎ足でステージへあらわれた。

「ちょっと緊張しちゃったかな？　もう一回いってみる？」

司会者は葵海の顔をのぞきこんで、気分をやわらげようと話しかけてくれる。でも、葵海はなにも答えられない。

司会者は困ったように、陸、直哉、鉄太に目くばせしてから、観客へ向かって笑顔を作ってみせた。

「すみませんね、みなさん。それでは、あらためて聴いていただきましょう。ストロボスコープのみなさんでーす！」

出番が終わって、控え用のテントへもどったあと、葵海は力を使いはたしたようにうなだれていた。

直哉と鉄太が即興《そっきょう》でコーラスを入れてくれたり、いっしょに歌ってくれたりして、なんとか最後まで出番をつとめた。観客もやさしかった。とても人前で聴かせられないようなひどい出来だったのに、大きな拍手を送ってくれた。でも、そのことが、今の葵海にはかえってつらい。

しばらくのあいだ、だれも口を開かなかったが、直哉が急に表情をゆるめると、

「いやー、終わった、終わった！　もう、ぱーっと飲んじゃおうぜ！　ね？」

と、葵海のほうへ笑いかけてきた。

すると鉄太も笑顔になって、明るい調子で応じた。

「おう！　飲もう、飲もう！」

二人の気づかいに、葵海は胸が詰まる。

せっかく練習してきたのに、たいせつな最後のステージだったのに……。なにもかもぶちこわしにしてしまったのに、直哉も鉄太も責めるどころか、かえって気をつかってくれている。

葵海はこらえていた涙があふれそうになって、うつむいたままでパイプ椅子《いす》から立ちあ

がった。

「……ごめん」

ここにいたら、たぶん泣いてしまう。これ以上、迷惑をかけたくない。葵海は背を向けて、テントから駆け出した。

「葵海ちゃん！」

直哉が呼びかける声が後ろで聞こえたけれど、葵海は立ち止まらず、早く視界から消えてしまおうとするように足を速めた。


どうしよう、どうしよう……。

こんなの、もう、とり返しつかない……！

心のなかでさけびながら、葵海は走っていった。

陸から「直哉とうまくやれ」と言われたこと、「どこまで勝手なの」という里奈のことば、さんざんだった自分の歌——いろいろなものが、頭のなかでぐしゃぐしゃになって渦《うず》巻《ま》いている。

どうしよう、どうしたらいい……？

自分では、なにも考えられない。

でも、いつも観客席で声援を送ってくれた里奈も、今日はいない。いつも陸が助けてくれたけれど、もう陸にはたよれない。

無神経なことを口にしてしまって、里奈を傷つけて、直哉の想いまで踏みにじってしまって……。

里奈はもう、許してくれないかもしれない。もう友達とは思っていないかもしれない。顔も見たくないと思っているかもしれない。

でも、ぜんぶ、自分でまねいてしまったことだ。

里奈の言ったとおり、私は勝手なやつだった。直哉の好意に気づかなかったのも、里奈の想いに気づかなかったのも、自分のこと以外見えていなかったから……。

自分の鈍感さ、身勝手さが、恥ずかしい。

できるものなら、「直哉でいいから」なんて言ってしまったことを消してしまいたい。でも、そんなこと、できやしない。

直哉とも気まずくて、里奈ともあんな形で別れたままで、おまけにラストライブはめちゃめちゃで……。

なにもかも、だいなしにしてしまった。でも、とり返しがつかない。

激しい後悔に責めたてられて、裂かれるように胸が痛い。

「最低……、最っ低！」

私は、ひどいやつだ。最低のやつだ。あふれてくる涙をぬぐいもせず、葵海は何回もつぶやきながら走っていく。

お祭りのにぎわいから逃げるようにして、どれくらい走ったのか。息が切れて、ようやく葵海は足をゆるめた。

のろのろと足をひきずるように歩いていると、すれちがった人が葵海を見て不審げに眉《まゆ》を寄せた。きっと、ひどい顔になっているにちがいない。頬《ほお》からつたってきた涙が、ワンピースの胸もとまで濡らして濃い色のしみをひろげている。

涙をふかなきゃ……。まっすぐに走っている車道の路側帯で、葵海は足を止めた。目もとを手の甲でこすりながら、ポケットへ手を入れる。ハンカチをとり出したひょうしに、白い物がいっしょにすべり落ちた。

ノートの端を破りとったような、小さな紙切れ。

いつこの服のポケットへ入れたのだったか、あの紙切れにも、歌詞に使えるかもと思ったことばが書きとめてあるはずだ。

足もとへ落ちた紙切れをひろおうと、葵海はかがんで手をのばした。と、ひときわ強い風が吹きつけてきて、葵海よりも先に紙切れをさらっていく。

葵海は小走りに数歩行った。が、追いついてひろおうとしたところで、また風が強くなってしまう。

ひらり、ひらりと、小さな紙切れは、陽射しに熱くあぶられた灰色のアスファルトの上をころがっていく。風にのって舞う紙切れを見失わないように、葵海はけんめいに目で追っていく。

ふっと、風が止んだ。

この隙《すき》に、と葵海は足を速める。やっと紙切れをひろうことができて、ほっと息をついたとき。

足もとに振動を感じてふり向くと、目に映ったのは轟音《ごうおん》をたてて迫ってくる大きなトラックだった。紙切れしか見ていなくて、気づかないうちに葵海は道路の中央線近くまで出てしまっていた。

足がすくんで動けない。

視界のなかで、ぐんぐんトラックは大きくなる。空とアスファルトが逆転したように思ったとき、一瞬、陸の顔が目の端をよぎったのはまぼろしだったのか。

18時10分。

真夏の太陽は西に移動しているが、まだあたりは明るい。

道路脇に設置されている時計塔《とけいとう》の文字盤が、妙にはっきりと目に焼きつく。直後、すべてがさけび声にかき消された。

6 リアルな夢

「マイスター・ホラは、心は時間を感じるためのものだと——」

「わあああぁっ……！」

だれかが全身からふりしぼるようにさけんだのを聞いて葵海《あおい》は目を開けたが、それは自分自身が発した声なのだった。

「……え？」

まわりの光景に、葵海は目を見開いた。

こちらを見ている何十という、たくさんの顔。迷惑そうに眉《まゆ》を寄せたり、笑いをふくんだ表情をこちらへ向けている。

よく見慣れた、講義室の光景。

「とーなーり」

ふいにささやかれて、葵海はびくっと肩をすくめた。横にすわっている里奈《りな》が小さく指さすほうを向くと、すぐそばに教授が立っていた。

「おはよう。気持ちのいい朝ですね。あんまりのんびりしていると、時間泥棒が時間を盗みに来ますよ」

教授は床に落ちている本をひろいあげると、葵海の前へ置いた。講義室のあちこちで、再び笑いがおこる。教授はひとつ咳払《せきばら》いをすると、あの朗々と歌うような調子で講義を再開した。

「マイスター・ホラは、心は時間を感じるためのものだと、モモにおしえます。心が時間を感じられなければ、時間はないも同じだ、と」

ゆっくりと歩き去っていく教授の背中を、葵海はぼうぜんとしながら見つめた。

これ……、どういうこと？

心臓が破裂しそうに大きく波打っている。今、道路を歩いてたんじゃなかった？ セトフェスの会場から逃げ出して、ポケットから落ちた紙切れをひろおうとしたら、トラックが迫ってきていて……。

「どうした？」

だまりこんでいる葵海に、里奈が小声でたずねてきた。

「……うぅん」

眠気をはらうように肩をまわしてみたり、ノートをとったりしている学生たちのたくさんの頭ごしに、前方の黒板が目に入った。よく見知った教授の字が大きく書かれている。

7月25日　月曜日

『モモ』ミヒャエル・エンデ著

毎週くり返してきた、いつもの講義の光景。なにも、おかしなところはない。静かな講義室の中に、教授の声が朗々と響く。

「それに対して、モモはこう質問します。すると、もしあたしの心臓がいつか鼓動をやめてしまったら、どうなるの？」

講義が終わっても、葵海は席から動けなかった。

「では、みなさん、また夏休み明けにお会いしましょう」

などと締めくくって教授が出ていき、学生たちがおしゃべりしながらつぎつぎに席を立っていくのを、葵海はぼんやりしながらながめていた。

いつもの講義の光景で、なにもおかしなところはない。

それでも、おかしい。

ひろいあげた紙切れの手ざわりも、轟音《ごうおん》をたてて迫ってくるトラックを目にしたときの恐怖感も、まだはっきりと残っている。

あのトラックは、どうなったの？　セトフェスは？　それに、この『モモ』の講義は、このあいだ聴いたはずじゃなかった？　あのときも、居眠りしていて教授から注意をうけた。さっきと同じことばで……。

「葵海、葵海」

いつまでも立ちあがろうとしない葵海を、里奈がせっついた。

「も〜っ、そんなんでだいじょうぶ？　海外の大学は厳しいって聞くよ？　ぼーっとしてないで、急がないと。これから練習あるんでしょ？」

なにごともなかったように、里奈は接してくれる。

葵海は足もとが定まらない気分をかかえたままで、里奈とつれだって校舎を出て歩いていく。

部室へ行くと、直哉《なおや》と鉄太《てった》がすでに来ていた。

葵海はさぐるように、しげしげと室内を見まわした。ガラス窓から入る午後の陽射しが、あたりを明るく満たしている。壁に貼られたセトフェスのポスター。ドラムセット。張り地がすり切れているソファー。ほこりで少し変色しているブラインド。どれも、なじみのあるものばかり。ここにも、おかしなところはなにもない。

やがて、陸《りく》がやって来て、直哉が「おせーよ」ともんくをつける。数曲、四人で演奏したところで、

「じゃ、俺、行くわ」

と、陸はギターをおろした。

「え？　もー帰んの？」

「うん、ちょっと用事あって。直哉、Bメロの二個目いくとこ、いつもミスるから、日曜までに練習しといて」

「おお、Bメロ二個目な」

直哉とそんなやりとりをしてから、陸は鉄太のほうへ向きなおった。

「鉄太くん、クラッシュシンバル」

陸が言ったとたん、左端のシンバルがはでな音をたてて横倒しになって、鉄太は「おわっ！」と飛びあがる。

「スタンド、ダメんなってるから、今のうちに替えたほうがいいかも」

そう言い置いてドアのほうへ向かった陸を、葵海は小走りに追いかけた。なにもおかしなところはないけれど、やっぱりおかしい。そのことを陸に聞いてほしい。

「ねえ、陸！」

「わり」

「まだなにも言ってない！」

「留学の買い物つきあえ、だろ。おまえの言うことくらい、読めんだよ。俺、いそがしーの」

そっけなく陸が言うと、

「女だろ」

鉄太が割りこんできて、陸をからかった。陸はあわてたようすを見せることもなく、

「さーね」

肯定も否定もせずに、一人で部室から出て行った。

「はー、あいかわらず、いやみなくらい完璧《かんぺき》なやつ」

練習を見守っていた里奈が、陸の出ていったドアを見ながら顔をしかめる。まったくだよな、というように直哉もうなずいて、

「ほんと腹立つわー。あ、ね、葵海ちゃん、あいつのすげーダサいとこおしえて」

と、葵海にたずねてくる。

「一つくらいあるでしょ。全力で走ると超キモいとか。昔、教室で緑のゲロ吐いたとか」

「昔、教室で緑のゲロ吐いたとか……」

途中から、直哉とかぶせてつぶやいてから、葵海は声を大きくした。

「ちょっと待って！　はい、ストーップ！」

台本を知っているお芝居を観ているように、つぎにだれがなにを言うか、なにをするのか、わかってしまう。再放送のテレビ番組を見せられているように、知っているとおりに進んでいく。

おかしい。やっぱりおかしい。

「……は？」

突然大声を出した葵海を、直哉、鉄太、里奈はそろって見つめた。葵海はさらに声を大きくする。

「見たことある、見たことある、ぜんぶ見た、ぜんぶ聞いた！」

「葵海ちゃん？」

どうしたの、と直哉がのぞきこんでくる。

「みんなの会話も、シンバル落ちるのも、ぜんぶいっしょ！」

けんめいに葵海はうったえた。なにがどうなっているのか、どういうことなのか。どう言ったら、この状況を理解してもらえるのか。同じなんだという以上の説明をできないのが、どうにももどかしい。

直哉、鉄太、里奈はあっけにとられたように葵海を見ていたあと、三人とも表情をゆるめた。里奈がくすっと笑ってから、合点《がてん》がいったという顔になって言った。

「あんた、まだ寝ぼけてんでしょ」

「ちがうって！」

「はいはい。もー、留学、そんなでほんとに行けるの？」

里奈はまたそんなことを言って、まともにとりあおうとしてくれない。

「あー、デジャヴ？」

鉄太が言えば、直哉もうなずいて、

「あ〜、あるある。俺もさ、さっき牛丼食ってたら、あれ、この感じ、いつか見たことあるって」

「おまえ、昨日も食ってたろ」

いつもの調子でそんなやりとりをして、直哉と鉄太は笑っている。

「ちがう！　そういうんじゃない！」

葵海がなおもうったえても、

「わかるわかる。俺もさ、同じコードのとこ、いっつもまちがえるんだよね〜。そういうの、わかるっしょ？」

「ただの練習不足だろ」

直哉と鉄太はそうやりとりして、また声をあげて笑う。

葵海は半分悲鳴のように、さらにうったえた。

「ほんとにリアルに見たの！　それで、このあと――」

「このあと？」

直哉、鉄太、里奈が、そろって首をかしげる。葵海が直哉の顔を見つめていると、

「なになに？　俺？」

視線に気づいて、直哉が自分を指さした。

「直哉がどうしたの？」

里奈もたずねてくる。

里奈は直哉を好きなんだと思い出して、葵海は口をつぐむしかなかった。このあと、直哉から私は告白される――。そんなことは絶対に言えない。

葵海は目をそらして、あいまいにつぶやいた。

「……なんでもない」

夢で見たことを、現実にあったと思いこんでいるだけなんだろうか？

でも、だれがどんなことを言うかまで正確にわかるなんて、そんな夢があるだろうか？

それとも、これが予知夢《よちむ》ってやつ？

そんなことを、葵海は家へ帰ってからも考えていた。

記憶をたどってみる。立て看板作り、直哉の告白、陸との曲作り、里奈の想い。

そして、セトフェスの日。ライブで大失敗して、泣きながら会場から逃げ出して、トラックの前へ飛び出してしまった。そこまでの記憶はある。

翌日の朝まで、葵海はベッドに入っても眠ることなく考えつづけて、そうするうちに目覚ましがセットしてある時刻になった。

枕もとの時計から発せられるかん高い音が、鋭く耳に刺さってくる。アラームが一回鳴り終わらないうちに、葵海はベッドで横になったまま、さっと手をのばしてそれを止めた。

『7・26・TUE』

デジタル式の時計に表示されている文字を見つめる。この日付の表示を、ついこのあいだも目にした記憶がある。

このあと、なにがおきるのか。ベッドでじっと横になっていると、予想していたとおりに階段をのぼってくる足音が聞こえてきた。圭子《けいこ》は部屋へ入ってくると、記憶にあるとおりのことばでどなった。

「葵海！　いいかげんに起きなさい！」

「起きる！」

はじかれたように葵海は起きあがって、ベッドの上で正座した。圭子を手で押しとどめるしぐさをして、

「わかってる！　ちらかしてる！　かたづける！　留学の準備する！　買い物も行く！」

「まだなにも言ってないでしょ」

ひょうしぬけしたような圭子の表情から、予想が当たっていたこと、だらしのない娘をしっかり叱《しか》っておかねばと意気ごんできたことがわかる。

「お母さんの言うことくらい読めるの！　それとね、下でシャケ焦げてるよ」

「え？」

圭子は階段のほうをふり返って鼻をひくつかせると、

「やだ！　祐斗《ゆうと》！　火、消して！」

大声で呼びかけながら、一階へ駆けおりていった。

「もー、どういうこと……」

葵海はベッドの上にすわりこんだままで、髪を荒っぽくかきむしった。

これが、ただの思いこみ？　これでも、夢なんだろうか？

すべてが記憶のとおりに進んでいる。これがつづくのだとしたら、この先には、もっと

怖いことがある――。

焦げくさい匂《にお》いのただよっている台所へおりていくと、記憶のとおりに、弟の祐斗は金髪になっていた。

それを目にしたとき、葵海は寒気をおぼえた。髪を染めたいなんて祐斗はひとことだって言っていなかったから、こんなことを前もって思いつくわけがない。実際に見たのでなければ――。

焦げたシャケをおかずに朝食をとってから、葵海は浜辺へ出かけて、里奈といっしょにセトフェスの立て看板作りにとりかかった。

この再放送みたいな状況がほんとうに現実なのか、それとも記憶のほうが現実なのか。そのことばかり考えて集中できない。もっとも、もともと作業は里奈が仕切っていて、葵海は指示されたとおりに色付けすればいいだけだから、機械的に手を動かしているうちにも看板はできあがっていく。

二人で作業している途中で、里奈が声をおとしてささやいてきた。

「あんたはこのまんまでいいの？　陸と」

また、聞きおぼえのある会話がはじまる。

「向こう行ったら、一年も会えなくなるんだよ。ただの幼なじみですごす夏休みと、彼氏彼女ですごす夏休みはちがうよ」

このことばの裏に直哉への想いがあることが、今はわかる。

そして、里奈が直哉を好きだとうちあけられないでいたのは自分のせいだったんだ、ということも。葵海が陸との関係をはっきりさせないでいるから、里奈も前へ進めないでいたのだ。

葵海は里奈を見つめてから、記憶にあるのとはちがうことを口にした。

「里奈……、直哉のこと好き?」

「は!?」

「ほんとうは好きなんでしょ、直哉のこと」

「はあ!? だれが、あんな単細胞! なんなのいきなり!」

むきになって否定する里奈のようすが、逆にどれほど直哉を好きかをあらわしている。

やっぱり、すべて夢のとおり。

「ねえ、里奈。もし、このまま、私の見た夢のとおりになったら——」

「つか、話題変えるの早すぎ」

「私……、死んじゃうかも……」

記憶のピリオド。

このまま記憶のとおりに進んでいったとき、その先に待ちかまえている怖いこと。その部分だけは、じっくりと考えるのを避けていた。

そのことを口に出したとたん、迫ってくるトラックを目にしたときの戦慄がありありと全身によみがえってきた。あのあと、どうなったのか。トラックが急停止できず、逃げることもできなかったとしたら、じゃあ、そのあとは……——。

ふいに、里奈が両手で、ぴたんっと音をたてて葵海の頬《ほお》をはさんだ。葵海は目をしばたたいて、途中で口をつぐむ。

「あるわけないでしょ！　センセーの話がつまんなすぎて、変な夢見ただけ。絶対だいじょうぶ！　ね！」

里奈は強い口調で言って、葵海の目をまっすぐに見つめる。

両頬をつつむ里奈の手のひらは、やわらかく、温かい。その手のひらから、里奈のやさしさが伝わってくる。

葵海は胸が詰まって、目のなかが熱くなった。ふり返ってみれば、いつだって里奈はこうやってはげまし、支えてくれていた。それなのに、里奈のやさしさにひたりきって、あぐらをかいてしまっていた。なんて鈍感で、なんて傲慢《ごうまん》だったんだろうと、あらためて恥ずかしくなる。

「どこまで勝手なの？」と言い残して里奈が立ち去ったとき、軽蔑《けいべつ》され、見かぎられてしまったのかもしれないと思った。こんなふうに親しく接してくれることは、もうないかもしれないと思った。

でも、今、また、里奈がそばにいてくれる。現実なのか、思いこみなのか、夢なのか、どういうことかわからないけれど、とにかく、また、里奈がこれまでと変わらず仲良くしてくれている。

「里奈ぁ……」

「ん？」

「ほんとにほんとに、ごめん……！」

「へ？」

「いつも至らないところばかりで、申し訳ございません！」

もしも里奈が話を聞いてくれるなら、許してもらえるまで何度でもあやまりたいと思っていた。そのチャンスがもらえたのだ。

突然あやまりはじめた葵海に、里奈は首をひねっている。

「なに言ってんの？」

「でも、友達でいて！　見捨てないで！」

絵の具をふくませた筆を持ったまま、葵海は里奈へ抱きついた。ますます、里奈はとまどっている。

「ちょっと！　ね、ちょっと、ペンキついちゃうって！」

「里奈、ごめん、里奈」

「わかった、見捨てない！　わかったよ……」

わめく里奈を、葵海はさらに強く抱きしめる。シャンプーなのか、トワレなのか、里奈からは果実のような甘い香りがする。里奈の香りにつつまれていると葵海は少しだけ安心できて、ずっとこのままでいたい気がしてくる。このまま、なにも怖いことがおこらなければいい。ほんとうに、ただの変な夢だったらいいのに……。

「なにやってんだよ、汚れんだろ」

いつのまに来ていたのか、遅れてやってきた陸から声をかけられて、やっと葵海は里奈から離れた。葵海たちの前から、陸は両手で看板を持ちあげる。

陸が来たのを見てか、別の作業をしていた直哉と鉄太もそばへやってきた。

「すげー、里奈、いい感じじゃん」

直哉は感心したように看板をながめてから、葵海にたずねてきた。

「今もりあがってたけど、なんの話？」

また記憶のとおりだ、と葵海が思ったとき。

直哉の肩ごしに、作業服すがたの人たちが数人いるのが視界に入った。近くにある海の家の前、まわりに立ち入り禁止のカラーコーンを置いて地面を掘っている。

「……あ！」

このあと、なにがおきるか。それが頭にひらめいたと同時に、とっさに葵海は駆け出していた。

その直後、工事中の地面から、激しいいきおいで水が噴き出した。直哉、鉄太、里奈の三人は、スコールのようにふりそそぐ水を頭から浴びる。

「なに、どうなってんの!?」

「おじさん！　水、止めて！」

水のいきおいは目も開けていられないほどで、三人は手足をバタつかせながら悲鳴をあげている。

いち早く駆け出した葵海はまったく水を浴びなかった。でも、全身ずぶ濡れになるよりも体が冷えていく感覚をおぼえながら、三人を見つめていた。

また、記憶しているとおりになった。こんなアクシデントまでぴったり一致するなんて、やっぱり夢や思いこみではすませられない。これはたしかに、すでに経験していることばかりなんだ。

「葵海、なんでおまえ、今……、なんで、よけられた？」

そんなにすばやく動けたのが信じられないといった感じで、陸は急にそばまで駆け寄ってきた葵海を見ている。描きかけの看板も記憶のとおり、陸が水のとどかない場所まで避難させてくれていた。

「だって、一週間前も同じことあったもん！」

葵海がそう答えると、陸は目を見開いた。

「夢じゃない！」

だまっている陸に、もう一度、葵海はうったえる。

「ほんとうにあったの！　くり返してるの！　同じ時間を！」

けんめいにうったえても、陸はなにも言わない。

本気にしてないんだ、と葵海は思った。ふざけている、と思われている。それがあたりまえの反応だろうけれど、子どものころからいっしょにいる陸ならば、冗談か本気か見分けてくれると思ったのに。

そうするうちに、ふっと陸の口もとがゆがんだ。と思うや、陸はこらえきれないようにふき出した。空をあおぎながら、大声をあげて笑いはじめる。

そんなに大笑いするほどおかしいの？　葵海はつき放された気持ちをおぼえながら、心のなかで陸に問いかけた。

そうだよね、陸にとっては、私はたんなる幼なじみでしかないもんね。この先におこることも見てきたから、陸がどう思っているのかはもう知っている。「直哉とうまくやれ」「俺がいつもつかまえてやるわけにもいかねーし」――あれが陸の気持ち。特別と思っていたのは私のほうだけ。約束を信じていたのは私だけ。

「……もういい」

背中を向けて、葵海は陸のそばから離れた。

ようやく水から脱出できた直哉、鉄太、里奈が、葵海と陸のほうへ向かって声をあげた。

「陸！　なに笑ってんだよ！」

「ちょっとー！　こっちはずぶ濡れなんですけど！」

髪や服から水をしたたらせながら騒いでいる三人のそばを、葵海は走りぬける。

三人にとっては、このアクシデントはあくまで初めてのできごとなのだ。これが再放送みたいな状況だなんて、だれも思っていない。

7 秘密

眼前ではいつもと変わらず、さざ波が太陽をはじいてきらめいている。

葵海《あおい》は泣きながら走っていって、あのお気入りの丘へ来ていた。古い友人のように慣れ親しんだベンチにすわって、海をながめる。

よく見知った海。よく見知った街。

なにもかもいつもと同じなのに、世界にひとりきり、ぽつんととり残されてしまったような感覚におそわれていた。

絶対、変な夢とかじゃない。でも、この状況はだれにも理解してもらえない。陸《りく》でさえ笑い飛ばすなら、ほかに本気だと見分けられる人はいない。

ふいに、頭の上に軽く手のひらがのせられて、見あげると陸が来ていた。

悪かったって言いにきたの？　なによ、今さら、あんなに大笑いしたくせに。めんどうみるのがいやになったなら、ほっといてよ。そう抗議するように、葵海はくちびるを固く閉ざしたままでそっぽ向いた。

でも、陸は立ち去ることなく、だまって葵海を見おろしている。葵海のほうから口を開くのを待つように。

葵海は小さく息をつくと、消え入りそうな声でつぶやいた。

「……うそじゃない。ほんとうに見たの」

理解しろというのがむずかしい話だけれど、それでも陸にはわかってほしいと思ってしまう。笑わないで、聞いてほしい。

「……うん」

陸はうなずいて、葵海の横へ腰をおろした。しばらく、二人とも無言で、おだやかに寄せては返す波をながめる。

青いきらめきをだまってながめているうちに、徐々に、葵海の胸が黒いもので苦しく締めあげられてきた。沖合いから雨雲が近づいてくるのを見るときのような不安が、葵海に迫ってくる。記憶のピリオド。記憶のとおりにできごとが進んでいくにつれて、その意味がますます重くなっていく。それを吐き出したくて、なかばひとりごとのように葵海はつぶやいた。

「このまま、日曜日になったら――」

ところが、葵海がつづきを言うよりも先に、陸が口を開いた。

「後先考えろよ、バカ」

「え?」

「飛び出したりするから」

葵海は思わず、となりにすわる陸を見つめた。陸が今言ったことばを、頭のなかで反すうしてみる。車道へ飛び出して事故に遭《あ》うということは、里奈《りな》にも話していない。

陸も葵海を見つめながら、ふっと微笑《ほほえ》んでつづけた。

「だいじょうぶ。おまえは死なない」

やっぱり、陸は知っている。でも、再放送みたいな状況になっていることは、里奈たちも家族も気づいていなかったのに、どうして陸だけが――?

「……陸、なんで知ってるの?」

「俺も来たから。ライブの日から」

「え?」

「秘密をおしえるよ」

陸はそう言って、ベンチから立ちあがった。行こう、とうながすように、葵海へ微笑みかけて歩きはじめる。

潮風に吹かれながら歩いていくあいだ、陸はずっと無言だった。

早く説明を聞きたくてしかたなかったけれど、葵海はせかしたいのをこらえて、だまって陸についていく。

「おう、陸、お帰り。あれ、葵海ちゃんといっしょ？」

二人でつれだって『HASEGAWA COFFEE』の戸をくぐると、俊太郎《しゅんたろう》は意外そうにしていた。最近は葵海が店まで行くことばかりで、陸とつれだって歩くことがほとんどなかった。

「のど渇《かわ》いたろ？　なんか飲むもの、持ってってやろうか？」

俊太郎がそう言って気づかってくれるのも陸はことわって、すぐに早足で階段をのぼりはじめる。

葵海といっしょに自分の部屋へ入ると、陸は押入れの戸を開けた。

上の段には、前に見たときと同じようにレコードプレーヤーが置いてある。ターンテーブルにはLPレコードがのせてあって、これも前に見たのと同じ、中央のラベルがないレコードだった。

秘密をおしえると言っていたのに、陸はなかなか話しはじめようとしない。なにか迷っているように、ときおりレコードの端にそっと指先でふれては、また手をひっこめる。レコードプレーヤーがなにか関係あるんだろうかと葵海は首をひねりながら、陸の顔をのぞき見る。

「……俺、ずるしてたんだ。子どものときから、ずっと」

ようやく、陸が口を開いた。

「ずる？」

問い返す葵海に、うん、と陸は小さくうなずく。そして、レコードに目をおとしたまま、ためらいがちに話しはじめた。陸がまだ幼かったころ、葵海と知りあう前の、ある日のことを——。

子どものころの陸にとっては、店のレコード棚《だな》はまるで宝箱。

あまり外で遊ばない陸は、毎日、俊太郎のところをおとずれては、膨大《ぼうだい》なレコードコレクションを順にひっぱり出してながめていたものだった。

自宅では、陸はレコードというものを目にしたことがなかった。昔はＣＤなんてなかったんだよ、とおしえられてもピンとこない。

でも、顔よりも大きな紙製のパッケージに入ったレコードは、幼い陸にはかえって新鮮で興味深かった。樹脂《じゅし》製の盤の上に溝《みぞ》が何百と、ごくごく細く、でもけっしてかさならずに刻みこまれているさまは神秘的にさえ感じられる。

古びたジャケット写真をながめては、凝《こ》ったデザインに目をみはったり、写っている外国の街をどんな場所なんだろうと想像したりしていると、何時間でもあきることがない。タイトルがどんな意味なのか知りたくて、俊太郎から辞書を借りて、一つ一つ単語を調べながら読んだりもした。

俊太郎も、「レコードは傷つきやすいからな。乱暴にしちゃいけないぞ」と言うだけで、とがめることもなく自由にさわらせてくれていた。

そうやって、いつものようにレコードを一枚ずつながめて遊んでいた、ある日。

なにげなくレコードを抜き出したら、その棚だけようすがちがうことに気がついた。隙《すき》間《ま》をのぞいてみると、後ろに空間がある。

手をつっこんでさぐってみたら、なにか置いてあるのがわかった。陸がとり出してみると、それはレコードだった。

一見したところは、ごくふつうのLPレコードに思えた。ただ、ジャケットにはなにも描かれていない。レコード盤を抜き出してみても、そこにもなにも表示がない。

どうしてこんな奥に入れてあったんだろう、変わったレコードだな、どんな由が入って

いるんだろう、と思いながら陸がながめていると、

「みつかっちゃったか」

俊太郎が近寄ってきて、陸のそばへかがみこんだ。幼い陸と目の高さを合わせると、俊太郎は静かな声で言った。

「これはな、ちょっと特別なレコードだから、あつかいには注意が必要なんだ」

いつものように俊太郎の声はおだやかだったけれど、そのなかに真剣なものがにじんでいて、子ども心にも重要なことを話しているのだと感じとれた。

「とくべつ？」

「そう、これは、〝人生のレコード〟」

首をかしげる陸に、俊太郎はうなずいてつづけた。

「刻まれているのは、かける人間の時間そのもの。この針を置いたところから、もう一度、人生をやりなおせる」

〝人生のレコード〟。

針を置いたところから、人生をやりなおせる。

「そんな話……」

陸の話を聞き終わっても、葵海にはこれで納得したとはとても言えなかった。音楽の代わりに時間が刻まれたレコードなんて、にわかに信じられるわけがない。陸もそれはわかっているようで、静かにうなずく。

「俺も、今なら思うよ。このオッサン、なに言ってんだって。でも、そのときは信じた」

「……それで？」

葵海がうながしても、陸は答えず、ふいに背後へまわると、とまどっている葵海の右手首をつかんだ。

「持って」

陸にうながされて、葵海はレコードプレーヤーのトーンアーム——再生用の針が先に付いた棒状の部分を指で持ちあげた。ターンテーブルがゆっくりと回転しはじめる。ここから再生して、と指示するように、陸は葵海の手をレコードの途中まで移動させた。はずんだりしないように、力を入れずに、葵海は針をレコードの上へおろす。

やがて、砂をこぼすようなノイズが流れはじめる。

なんだ、べつになにもおこらないじゃないの。やっぱりかつがれたんだ、と思ったところで葵海の意識は途切れた。

8 ずっとずっと好きだった

「マイスター・ホラは、心は時間を感じるためのものだと、モモにおしえます。心が時間を感じられなければ、時間はないも同じだと――」

葵海《あおい》の耳に響いたのは、なにかが落ちた音。それから教授の声。視界が明るくなったと同時に、はじかれたように葵海は上体を起こした。

目に映るのは、見慣れたいつもの講義室。

足もとには、机からすべり落ちた本。横には里奈《りな》がすわっていて、「とーなーり」と指さす。葵海へ向かって、教授が「おはよう。いい朝ですね」と言う。

前方の黒板には、見慣れた教授の字で『7月25日』と書いてある。

葵海は立ちあがると、ノートや筆記用具を机に置いたままで、ドア口へ向かって駆け出した。

「葵海!?」

後ろから里奈の呼び止める声が聞こえるが、ふり向かずにドアから出た。

あの『モモ』の講義へ、再びもどってきた。こんどは、もどってきた、とはっきり自覚できている。どの部屋もまだ講義中で、廊下《ろうか》に人気《ひとけ》はない。葵海の走っていく靴音《くつおと》が壁に反響している。

やがて、廊下の先に、よく見知った人影を葵海はみつけた。息を切らしながら、陸《りく》のもとへ駆け寄っていく。なにから問えばいいのかわからないでいる葵海へ、陸はおちついた声で言った。

「言っただろ？　時間をもどせる、って」


どこで記憶が途切れているのかは、明確にわかる。

ついさっきまで、陸の部屋にいたはずだった。こまかな部分までおぼえている。陸から聞かされた不思議な話のことも。レコードを再生しはじめたことも。

「陸もいっしょにもどってきたってこと？　ライブの日から」

ふたりで大学を出たあと、海岸に沿った道をゆっくりとならんで歩きながら、葵海はたずねる。

「うん」

陸の返事はごく短いけれど、本気で答えていることが感じられる。記憶にあることも、再放送みたいだった状況も、どちらも現実だったのだ。

タイトルのない、あのレコード。

俊太郎《しゅんたろう》の言う〝人生のレコード〟には、ほんとうに時間をもどす効力があるのだと、だんだんと実感が湧いてくる。

ただ、葵海には疑問もある。

「でも……、事故のとき、私、レコードかけてないよね」

「俺も、気づいたときには一週間前にもどってた。今までこんなこと、一度も……」

今まで？　一度も？

つぶやくように陸がつけたしたのを、葵海は聞きとめた。じゃあ、何度も時間をもどしたことがあるんだろうか？　葵海がそれをたずねるよりも先に、陸が明るい表情になってつづけた。

「でも、運命を変えられた。だから、葵海はもう死なない。絶対に」

陸の声には力がこもっていて、確信に満ちている。

たしかに、記憶にあるときと再放送みたいなときをくらべると、おきるできごとはほとんど同じでも、少しだけちがっていた。朝食のシャケの焦げは若干《じゃっかん》少なくてすんだし、水道管の破裂でずぶ濡れになるのを避けられた。確実に、事態を好転させることができている。

だったら、陸の言うとおり、この先の結末はもうおそれなくていい。

黒い雨雲のように重く葵海にのしかかっていた恐怖感が、すーっと消えて、気持ちも体も軽くなっていく。

でも、あとひとつだけ、まだわからないことが残っている。

「じゃあさ、ずるしてた、って、どういうこと？」

「ん……」

陸はうつむいて、だまりこむ。しばらくためらうようにしていたあと、やっと陸は口を開いた。

「おぼえてる？　初めて葵海にギターを弾《ひ》いてやったとき」

「うん。私の誕生日でしょ」

「うん……。俺、ほんとうは、ギター弾けなかった」

うつむいたままでそう言って、陸は途切れがちに話しはじめた。

十四年前、葵海の七歳の誕生日のこと——。

〝人生のレコード〟をみつけても、陸はあまり深くは考えなかった。へえ、すごい力があるんだな、と感心しただけだった。それよりも、古びたジャケットをながめて想像をめぐらすほうが、はるかに興味深い。

だって、まだ幼い陸にとっては、時間をもどせる、ということの持つ意味がいまひとつよくわからないものだったから。

あの日、までは――。


「なつかしいね、『夢で逢えたら』。いいねえ」

「パパの。もういないけど……」

「そっか……」

十四年前、いつものように店へ遊びに来ていた陸は、葵海と俊太郎のそんなやりとりを耳にした。図書館から借りてきた分厚い本を読みふけっているふりをしながら、じっと耳をかたむける。

「おじさん、このレコード、直せない？」

店へやってきた葵海がさし出したのは、大きく割れてしまったシングルレコード。

音楽好きだった父親の、お気に入りのレコード。父親がいたころは、よくいっしょにこの曲を歌ったものだった。

この街へ引っ越してくるときに、父親が残していった荷物は処分したから、父親の思い出の品物といえばもうこのレコードくらいしかない。

「うーん、そうだねえ……」

俊太郎は割れたレコードを手に、ことばをにごした。

葵海たち一家がどんな理由で引っ越してきたかは、圭子《けいこ》からおおよそ聞いている。おとなにはやむをえない複雑な事情というものがわかっても、子どもにそれを理解しろというのは酷《こく》だ。父親がいなくなった。子どもにとっては、ただ、その現実があるだけ。子どもが現実をうけ入れられるまで、まわりは見守るしかできない。

だから、できるかぎり葵海のたのみをきいてやりたいけれど、どうしても無理なことは、事実を言わざるをえない。

「直してあげたいんだけど、これはむずかしいかなぁ。ごめんね」

「……ううん。いいの」

葵海は小さく首を横にふった。レコード博士がだめと判断するのなら、きっと無理なのだ。だれにも、このレコードを直すことはできない。

うなだれて葵海がドアから出ていくのを、本に顔を隠しながら陸は見ていた。

近所に引っ越してきた、同い年の女の子。

あいさつを交わした程度でまだしゃべったことはないけれど、なんだか悲しそうな表情をしているのが気になっていた。

あいつ、なに考えてんだよ、まっぷたつに割れちゃったレコードなんて直るわけないじゃないか。そんなの当然だろ？　そう思いながらも、さみしげな葵海の後ろすがたが目のなかに残って消えない。本のページへ目をもどしても、葵海のことばかり気になって内容が頭に入ってこない。

読書を中断して追いかけていってみると、丘の上のベンチで葵海は泣いていた。割れたレコードを胸に抱いて、小さな肩を震わせている。

だからって、あんな割れたレコードを再生できるプレーヤーなんかないしさ……――と思ったとき、あることが陸の頭にひらめいた。

「陸、となりの葵海ちゃん、明日、誕生日だって。ケーキ食べにおいでって――」

「叔父《おじ》さん、ギターおしえて！」

陸は店へ駆けもどるなり、俊太郎をさえぎっていきおいこんだ。

「なんだよ、いきなり」

「おしえて！」

急にギターを弾《ひ》きたいと言いだした理由はわからないままに、俊太郎は自分の持っているギターを貸した。

まだ七歳の陸にとっては、ギターをかまえるだけでもたいへんだ。陸の体とギターは同じくらいの大きさで、ギターが陸を背負っているような印象さえうける。

「じゃあ、まず、Cのコードから。この弦《げん》を、この指で押さえて——」

俊太郎のおしえるとおりにやってみたが、陸の右手から生まれたのは、ばらついた不快な音だった。

「まあまあ、最初はそんなもんだな」

俊太郎は苦笑する。

そうするうちに客が入ってきて、

「ま、あせることないさ。練習すれば、かならずうまくなるから。ぼちぼちやれよ」

俊太郎は小声で陸に言い置くと、

「いらっしゃいませ」

と、水をそそいだタンブラーを持って客席へ出ていった。

陸は反復練習したが、若干ましにはなったものの、うまく弾きこなせるようになるのはいつのことか。ぼちぼち、なんて待てない。できるだけ早く——明日までに上達したいのだから。

時間さえあれば、もう少しうまくなるのに……。くやしくてため息ついたとき、あることを陸は思い出した。そうだ、時間を作る方法ならあるじゃないか。

そして、それを実行した。

初めて、〝人生のレコード〟を使ってみたのだ。

「叔父さん、ギターおしえて！」

いきなりの申し出に俊太郎はおどろきつつも、さっそくCのコードを説明してくれた。すでに弦の押さえ方は知っている。陸がコードを鳴らすと、

「おお、初めてにしてはセンスあるよ」

俊太郎はうなずいてから、客が入ってきたのに気づいて、「あ、いらっしゃいませ」と応対に立った。

このとき、陸にはわかった。〝人生のレコード〟の話は、ほんとうだったんだ。あのレコードを使えば、時間をもどすことができるんだ。

再び、陸は〝人生のレコード〟を回転させた。

「叔父さん、ギターおしえて！」

俊太郎の指示どおりに弾くと、弦は正確に音階をとらえて、ぴたりとかさなった明瞭な

響きが生まれた。

「おまえ、天才か？」

にごりのない和音の響きに俊太郎は目をみはる。

「初めてギター弾いてそれは……、ん？　待てよ」

俊太郎は首をひねって考えてから、さぐるように陸を見つめて、そして笑った。

「そういうことか」

あのレコードを使って時間をもどして練習していると察しても、俊太郎はそれをとがめることなく、一つずつていねいにコードをおしえていってくれた。

そして、翌日、7月31日。

「直せる」

海を一望できる丘の上。

ひとりきりでベンチにすわっている葵海のもとへ、陸は歩み寄っていった。ふり向いた葵海の手もとには、今日もあの割れてしまったレコードがある。直せないと理解はしているけれど、あきらめきれない。その気持ちのあらわれのように、葵海はレコードをしっかりとひざの上にのせていた。

おびえたような表情で、葵海は陸を見つめる。顔は知っていてもしゃべったことのない男子から声をかけられて、警戒しているのが陸にも感じられる。もう一度、陸は静かにくり返した。

「俺、直せる。そのレコード」

ますます、葵海はとまどった表情になっていく。

「針、置いて」

そう言って陸がさし出したのは、茶色く枯れた小枝。意味がわからないまま、おずおずと葵海は小枝をうけとる。

こんなので音が出るはずないよ？　葵海はいぶかしんだが、陸が自信ありげにおちついているものだから、指示されたとおりに、ひざの上に置いてあるレコードに小枝の先端をふれさせた。

そのとたん、葵海の耳に、音楽が聞こえはじめた。

「『夢でもし逢えたら　すてきなことね』……」

ギターで伴奏をつけながら、陸は歌う。コード進行は暗記できている。歌詞もフルコーラスでおぼえてきた。

思いがけないできごとに、葵海はまばたきも忘れたようになって陸を見つめる。

やがて、おどろきはかすかな笑みに変わり、それから涙になっていった。歌を聴けたことがうれしかったと同時に、父親はもういないんだという実感が湧いてくる。いろいろな感情がいっぺんに押し寄せてきて、涙があふれてしまう。

「泣くな」

フルコーラス歌い終えたところで、強い口調で陸は言った。

「おまえの誕生日、１００歳まで、俺が祝ってやる」

１００歳なんて葵海には遠すぎてピンとこなかったけれど、とにかく、ずっとずっとなんだってことはわかった。

涙のなかから、再び笑みが生まれる。こんどは、くもりのない笑顔。

葵海の笑顔を見ているうちに、陸もうれしくなってきた。今までに感じたことのない、胸の底から湧きあがってくるうれしさ。練習しすぎて赤くなった指先の痛みも、いつのまにかふき飛んでいる。

「もう一回、針、置いていい？」

葵海のたのみに応じて陸がまたギターを弾きはじめると、葵海は体をゆらしながら、声を合わせていっしょに歌いだした。葵海の顔からはあの悲しげな表情は消えて、大きな瞳には生き生きとした光が生まれている。そうか、こいつって、ほんとはこんなに明るく笑うやつだったんだな、と陸は気づいた。

「もう一回、聴きたい！」

もう一回、もう一回。葵海がたのむたび、陸はギターを弾いて歌った。声がかれるまで、何度も何度も歌いつづけた。

そして、決心していた。

こいつの望みなら、なんでもかなえてやりたい。

こいつのためなら、どんなことでもしてやりたい。


その日から、〝人生のレコード〟は、つねに陸の手もとに置かれるようになった。

魔法の杖《つえ》のようにひとふりで願いごとをかなえてくれるわけじゃないが、願いを実現させるための時間をあたえてくれる。

いざというときは、これがある。

陸を安心させ、勇気づけてくれて、困ったときには助けてくれる。そんな心強い味方のような存在になった。


「それから、高校一年の誕生日のこと、おぼえてる？」

葵海とならんで歩きながら、陸はそう言ってさらに話をつづける――。

高校一年生の夏。

葵海への誕生日プレゼントを用意したときにも、〝人生のレコード〟に助けてもらった。

なにか、すごいもので葵海を祝ってやりたい。ほかのだれも思いつかないプレゼントで、葵海をびっくりさせたい。そう計画して本やネットをいろいろ調べて、やっと、「これだ！」と思えるものをみつけた。

でも、さっそく俊太郎に相談すると、しぶい顔で却下《きやつか》された。

「いや、あるけどね、そういうのあるけどね。葵海ちゃんの誕生日、今週だろ？　あ、無理無理。絶対間にあわない」

「何日あればいける？」

「そうだなあ……」

俊太郎の答えを聞くや、すぐに陸は階段を駆け上がって自分の部屋へ向かった。〝人生のレコード〟をかけるために。

「いや、あるけどね、そういうのあるけどね。うーん……、葵海ちゃんの誕生日までひと月あるから、ギリいけるか」

こんどは俊太郎もそう言って、陸の計画に賛成してくれた。ただし、ちょうど間にあうように時間をもどしたことは、ないしょにしておいたけれど——。

そして、葵海の十六歳の誕生日。

「はい」

放課後、店へ寄った葵海へ、陸は一辺が三十センチ以上もある四角い箱をさし出した。平たくて白い無地箱。『HAPPY BIRTHDAY 16』の文字だけが、油性ペンでふたに手書きされている。

「ありがとー！」

葵海はさっそくリボンをほどいて、ふたをとった。平たい箱の中には、濃い茶色をした円盤状の物が入っている。細い溝《みぞ》が円周に沿って何重にも刻まれていて、見たところはLPレコードそのものだ。

「うわ〜っ！」

葵海は歓声をあげたが、鼻を近づけて匂《にお》いをかいでみて、甘い香りがただよってくることに気がついた。

「え、これ、チョコレート!?」

箱に入っている物の両端に指をそえて慎重に持ちあげて、葵海はしげしげと観察する。

「うん、好きだろ？」

「好き！　いただきまーす！」

「あ、ちょっと……！」

陸が止めようとしたときには、すでに葵海は大きく口を開けて、チョコレート製レコードの端にかじりついてしまっていた。

「う〜ん、おいしー！」

パキッ、パキッ、と小気味よい音をたてて、葵海は歯で割っていく。陸があきれているあいだにも、みるみるチョコ製レコードは小さくなる。

このチョコ製レコードには、そっくりな見かけだけじゃなくて、もっとすごい仕掛けがあるってのに……。

陸はため息をついて、〝人生のレコード〟をかけた。もう一度、プレゼントをわたすところからやりなおしだ。

「これ、チョコレート⁉」

葵海がおどろいたところで、すかさず陸はストップをかけた。

「うん。あ、でも、ちょっと待って。ちょっと貸して」

食べられないうちにと葵海の手からプレゼントをとりあげて、レコードプレーヤーのターンテーブルにのせる。なにしてるの、と首をかしげる葵海にはなにも説明せずに、陸はそっと針をおろした。

数秒の静けさのあと、

『ハッピバースデートゥーユー、ハッピバースデートゥーユー、ハッピバースデー、ディア葵海ちゃーん……』

店内に、音楽が流れはじめる。温かみのある低めの歌声。澄んだ音色のギター伴奏。

「うそ……」

葵海は目をしばたたきながら、ターンテーブルの上で回転するチョコ製レコードへ歩み寄っていった。

「俊太郎おじさん？　え、ギターは陸？　すごーい！」

よし、大成功！

陸は心のなかでガッツポーズをつくったが、それを顔には出さず、なにげない口調でひとこと。

「ま、ひまつぶし」

完成するまでには何枚も失敗して、俊太郎と二人でチョコの食べすぎになって「もう当分チョコはいらない！」とわめいたことや、無事にできあがってからも溶けないように保管しておくのに気をつかったとか、そういう苦労はないしょにしておく。

「え～、来年もこれがいい！　再来年も、そのつぎも、これがいい！」

葵海は感激して目を輝かせている。音が出るのがまだ信じられないというように、ターンテーブルからチョコ製レコードを持ちあげて見つめる。

「ちなみに、それ、十二回まで聴けるから」

陸は説明をつけくわえたが、すっかりはしゃいでいる葵海の耳にはもうそれは入っていなかった。

「いただきまーす！」

「え、ちょっと待って！」

陸が止めるより前に、葵海は大きく口を開けてチョコ製レコードにかぶりつく。陸があぜんとしているのに気づかず、パリッ、パリッと歯で割っていく。

「おいしい～！」

葵海は、スイーツ大好き、とりわけチョコ大好き。まさしくとろけそうな甘い笑顔になっている。

結局、「いただきまーす！」になるんだな。どうしても食い気が先に立つんだな、と陸はあきれたけれども、同時になんだか笑えてきた。好きな物を前にすると後先見えなくなってしまうところだ、いかにも葵海らしい。

まあ、一回聴いてくれたし、こんどは時間をもどさなくていいかな。

そんなことを思いながら陸は、ごきげんでチョコ製レコードをほおばっている葵海をながめていた。


「知らなかった……」

陸から話を聞かされて、葵海は、ただ、ただ、おどろくばかりだった。最初に祝ってくれた七歳の誕生日のことも、十六歳の誕生日のことも、そんな裏話があったなんて初めて知った。

それにしても、チョコ製レコード。

十六歳の誕生日にプレゼントしてもらったときのことは、今でもよくおぼえている。チョコで作ったレコードなんてすごい、なんてすてきなんだろう、とびっくりして、そして、すごくうれしかった。

それなのに、じつは、最初は聴かずにさっさと食べちゃっていたなんて、いかにも食い意地がはっているみたいで恥ずかしい。そりゃあ、チョコは大好きで、甘い誘惑にさからえないのは認めるけれど……。

それと、陸の話を聞いて、はっきりとわかったことがある。

〝人生のレコード〟を使うと、もどった時点から先の未来はまったくの白紙になる。ただし、時間がもどるスイッチを入れることにかかわった人だけには、それまでのすべての記憶が残っているのだ。

「ねえねえ、ほかには？」

潮風にふかれて歩きながら、葵海はたずねた。

「直哉と鉄太くん、サークルの新歓で席いっしょになっただろ」

「うん、ベースとドラムやってるって、うわー、もうメンバーそろっちゃった、って……。あの偶然も!?」

「先にさがしといた」

思ってもみなかったことをうちあけられて、葵海はさらにおどろいた。

ちょうどベースとドラムのメンバーをさがしているところへ直哉と鉄太と知りあって、しかも二人とも性格も良い子たちで、なんてラッキーなんだろうと思っていた。でも、それも陸がいわば下調べをして、四人でバンドを組めるように仕向けていたなんて……。

「あとは？」

葵海がうながすと、陸は少し迷うようにだまってから答えた。

「最初に作った曲」

「陸が一晩で書いたやつ？」

「三ヶ月はかかった」

「え？」

「曲なんて、作ったことなかったし」

四人でバンドを結成して、一年ほどたったころ。やっぱりストロボスコープならではの曲があったほうが観客にアピールできるよねということで、「オリジナル曲を作ろう！」という話になった。

ところが、作詞作曲の経験者がいない。歌詞は葵海が挑戦することにして、四苦八苦しつつなんとかひねり出したものの、つぎは作曲で困ってしまった。直哉と鉄太が「俺、だめ、できっこない」としりごみしていたら、「じゃあ、俺が曲考えてみるよ」と陸が言ってくれた。

そうして、なんと翌日に、「こんな感じでどう？」と楽譜を持ってきた。

葵海も、直哉と鉄太も、「すごい！」と目をみはった。葵海の書いた歌詞にぴったり合っていて、サビも印象的で、ノリもいい。予想しなかったほどのできばえに、葵海たちは感心してほめちぎった。「わりとすんなりメロディーうかんだし」なんて陸は涼しい顔していたくせに、じつは三ヶ月も悪戦苦闘した成果だったとは……。

「あの……」

おどろきがおさまってきたところで、葵海は口を開いた。

「ひとこと、言っていい？　いっつも余裕の顔して『読めんだよ』って……、あたりまえじゃん！」

「だから、ずるしてたって言っただろ！」

「言ったけどさー」

すっかりだまされていたような、あんなに感心したのはなんだったんだと腹がたつような、釈然としない気持ちに葵海は口をとがらせる。

すると陸は、ぽつりとつぶやいた。

「……おまえの前で、カッコつけたかったから」

風にまぎれてしまいそうな小さな声だったけれど、葵海の耳には、はっきり聞こえた。

葵海は足をゆるめて、考えた。

今、陸が言ったことばの意味。

それって……、そういう意味だよね？　いつも後先見ずにつっ走る葵海だけれど、この意味だけは何度も考えてみた。

うん、絶対にそういう意味だよね、と自分に確認する。もう答えはわかっているけれど、葵海は深く息を吸って、それから、わざと陸に問いかけた。

「ねえ、陸って、私のこと、好きなの？」

「……今さら、それ聞く？」

「ふーん」

やっぱりわざとそっけなく返事すると、葵海は近くにあった階段をあがって、コンクリートの防波堤の上へとのった。

「ふーん、ふーん」

葵海は両手を後手に組んで、少し上を向きながら、片足ずつ踊るように動かして防波堤の上を進んでいく。

そっか、そっか、そうなんだ。陸は、私を好きなんだ。ずっと前から、ずっとずっと好きだったんだ。

そう思うと、おさえようもなく頬《ほお》がゆるんでくる。でも、あっさりそれを伝えてしまうのはちょっとくやしい。

「なんだよ、その動き」

平行して道路を歩いていく陸が、葵海を見あげる。陸のそのことばは、「それで、おまえは？」と返事を急《せ》かしているようにも聞こえる。それがわかっても、葵海はまだなにも言ってやらない。

ふと、あることを思い出して、葵海は陸のほうへ向きなおった。

「あ、でも、こないだ、直哉とうまくやれって言った！」

ずっと好きだったなら、どうしてあんなことを言ったのか。それがわからない。すると、陸は平然として答えた。

「言ったっけ？」

「え？」

「夢じゃね？」

「え？　混乱するから、やめてよ！」

陸がうまくとぼけるから、記憶がまちがっているのかと思ってしまいそうになる。

葵海のとまどいをすべてかき消そうとするように、陸は目を合わせると、口調をあらためてはっきりと告げた。

「好きだよ。おまえのことが。最初に会ったときから」

陸のまなざしは、まっすぐ葵海に向けられている。

「好きだよ」――このままでいいなんて里奈の前では強がったけれど、ほんとうは、ずっとこのことばがほしかった。

どうして「直哉とうまくやれ」なんて言ったのかとか、それから小原遥《おばらはるか》のこととか、たずねたいことはあるけれど、もういい。

陸が好きだと告げてくれたこと。それだけでいい、と思えてくる。

十四年前、七歳の誕生日。

あの日のことは、葵海にとって、なによりたいせつな思い出。

あのとき、同い年なのにギターを弾《ひ》けるなんてすごい子だなって感心したものだけれど、じつはけんめいに練習したんだとうちあけられて、もっともっとうれしくなった。努力してくれたことが、うれしい。

あの日、陸といっしょに歌いながら、葵海は思った。パパはいないけれど、レコードも割れてしまったけれど、もうさみしくない。だって、この子が１００歳までいっしょにいてくれるから。ずっとそばにいてくれるから。

あの日から、私も好き。

陸が大好き。

それを伝えたかったけれど、いざとなるとてれくさくなって、その代わりに葵海は大きな声をあげた。

「あ――――っ、もうっ！　損したっ！」

「は？」

急にわめいた葵海を、陸はおどろいた表情で見あげる。葵海は顔をしかめながら、さらに早口でつづけた。

「だって、私、来月留学しちゃうんだよ、一年も会えないんだよ。陸、大学入ってから勉強ばっかりで……。ほんとは、ふたりでしたいこと、いっぱいあった！」

そこで少し口をつぐんでから、いっそう力をこめて葵海は言った。

「こんなんなら、早く言っておけばよかった！」

なにを、なのかは口にしなかった。それを陸は察して、笑いをこらえた顔になってたずねてきた。

「あのさ、葵海って、俺のこと好きなの？」

「今さら、それ聞く？」

葵海は道路へおりようとしたが、飛びおりたらはでにころんでしまいそうな高さに気づいて、足がすくむ。防波堤の上でしゃがみこんだ葵海を、陸は笑いをこらえながら見あげたあと、

「ほら」

やわらかく口もとをゆるめて、微笑《ほほえ》みとともに片手をさしのばした。

つかまって、といざなっているその手を葵海は見おろす。やっぱり少してれくさかったけれど、陸の手へ、すなおに自分の手をあずけた。

葵海が道路へおり立っても、陸は手を離さない。たいせつなものを守るように、自分よりひとまわり小さい葵海の手をにぎっている。

ふたりは間近に見つめあう。

さっき俊太郎もおどろいていたけれど、そういえば、こんなふうに潮風に吹かれながらふたりでならんで歩いたなんて、どれくらいぶりだろう。用事がある、いそがしい、とばかり陸は言っていて、大学の行き帰りもいっしょにできなかったから……。

葵海の目の前で、やさしく陸は笑っている。

陸のこんな笑顔を見るのも、ひさしぶりだった。このごろ、つねに陸にまとわりついていた、冷たくさえ感じるほどのあの張りつめた空気が消えている。

「やりなおそっか。たとえば……、去年の夏から」

葵海を見つめながら、陸が提案する。

「うん！」

葵海も同じことを思っていた。陸とふたり、もっといっしょに時間をすごしておきたい。幼なじみとしてではなく、彼氏彼女として。

すてきな時間をすごそう、とふたりは笑みを交わしあう。そして、手をつないで、真夏の白い陽射しのなかを駆け出した。

9 彼氏彼女の季節

葵海《あおい》と陸《りく》は手をつないで店へ駆けもどると、ふたりでいっしょにトーンアームを持って、〝人生のレコード〟に針をおろした。

これが、彼氏彼女としてのスタート。

ノイズが流れるなか、ふたりでまた笑みを交わしあったのと同時に、意識が途切れた。


時間はもどる。去年の夏へ――。


再び意識がもどって、葵海と陸が一階へおりていってみると、カウンターの中に吊るされているカレンダーは一年前のものに変わっていた。

さあ、まず、なにをしよう?

ふたりで顔を見あわせると、ふくらむ期待で自然と笑みがこぼれてくる。これから、今までとはちがう毎日がはじまる。

彼氏彼女としてすごす、新しい日々。


毎年八月、近くにある大きな神社では夏祭りが催《もよお》される。

去年も、ストロボスコープの四人と里奈《りな》で出かけた。でも、葵海はふだんとはちがうところを見せようとはりきって、新調した浴衣《ゆかた》を着て、髪まで結い上げていったのに、陸はろくに見もしてくれなかった。

もう一度、再スタートした夏にも、葵海は浴衣を着てお祭りへ向かう。でも、こんどは陸といっしょに。

ならんで歩いていくうちに、ふたりはどちらからともなく手をつなぎあっていた。ぼんぼりの赤みをおびた光が幾百もつらなって、早くおいでと手招きするように薄暮《はくぼ》のなかでゆれている。

軽やかなお囃子《はやし》にいざなわれ、たくさんの人でにぎわう神社に近づいたところで、葵海の足が止まった。

今回は待ち合わせていたわけではないけれど、鳥居のそばで、直哉《なおや》、鉄太《てった》、里奈があつまっておしゃべりしている。思わず葵海は手を離した。が、すぐに陸は葵海の手をとりなおすと、ためらいのない足どりで三人へ歩み寄っていって声をかけた。

「うっす」

ふり向いた三人の視線が、しっかりとつながれている葵海と陸の手に集中する。

しばらく三人ともだまって目をみはっていたあと、直哉が、葵海と陸の顔を交互に見ながらたずねてきた。

「二人って……、いつから？」

「一年後から」――でも、その答えは言わない。葵海と陸はなにも答えないで、肩をすくめて笑いあった。


海水浴、ビーチバレー、星の観察、バーベキュー。夏ならではの遊びを満喫《まんきつ》するうちに日はすぎて、季節は秋へ進んでいく。

窓からやわらかな陽射しの入ってくる、午後の図書館。

生命力あふれる夏の太陽もいいけれど、秋の陽光には、讃美歌《さんびか》みたいなおだやかさ、きよらかさがある。

端のほうに設置されている棚《たな》の前で、葵海は高い場所におさめられている本をとろうとしていた。葵海がとくに好きな作者の児童文学。でも、小柄な葵海は、脚立《きゃたつ》を使っても目当ての一冊まで手がとどかない。

あと少し、あと少しなのに……と、肩から腕がはずれそうなほどせいいっぱいのばしたとき、いつのまにか陸がそばへ来ているのに気づいた。

けんめいに手をのばす葵海のようすがおかしかったのか、陸は少し笑みをうかべながら見あげていたあと、反対側の踏み板をのぼってくると、いとも軽々と目当ての本をとり出してくれた。

天板をはさんで、ふたりは向かいあう。

葵海に本をさし出してから、ふっと陸は真顔になって、いつにないほど真剣なまなざしを向けてきた。

「あのさ、葵海。おまえがどれだけ先走ってころびそうになっても、俺がもっと先にいて、おまえのこと守るから」

「え?」

目をみはった葵海のほうへ、ゆっくりと陸は顔を近づけてくる。

天からの祝福の光にも似た秋の陽射しにつつまれて、誓いを立てるように、ふたりは静かにくちびるをかさねあう。

だんだんと秋は深まっていき、イチョウ並木が小鳥の形をした黄金《こがね》色の葉を道路へ散らして、冬がおとずれた。

十二月に入ると、ふだんはあまり飾りのない『HASEGAWA COFFEE』の店内も、窓ガラスにサンタクロースや雪の結晶をスプレーで描いたり、金銀のモールをつけたツリーを立てたりとにぎやかになる。

そして、クリスマスイブ。

葵海と陸は電飾の点滅するテラスへ出て、ふたりならんで夜空をあおいでいた。彼氏彼女ですごす、初めてのクリスマス。

「寒いね」

陸は肩をすくめながら、

「だいじょうぶ？」

そう言って葵海を気づかってくれたけれど、葵海はどれだけだってこのままでいられる気分だった。だって、陸といっしょなら寒くないから。

「うん」

葵海が微笑《ほほえ》みながら答えたとき、冷気のなかに、ふわりと白いものが舞った。

「あ、雪！」

葵海は外まで小走りに出ていって、つぎつぎに舞いおりてくる雪をうけとめようと空へ向かって手をのばした。あとを追って、陸も外へ出てくる。

ふと、葵海は首もとに冷たい感触をおぼえて、うつむいて見てみると、そこにはネックレスが光っていた。

冬の夜空にきらめく星をつかまえてきたような、繊細《せんさい》な輝きのネックレス。陸からの、思いがけないクリスマスプレゼント。

「ありがとう……！」

笑顔でふり向いた葵海を、陸は後ろからつつみこむように両腕で抱きしめた。陸の体温を、葵海は背中いっぱいに感じる。

そっと指先でネックレスにふれながら、葵海は心のなかで決めていた。

陸がつけてくれたこのネックレスは、もうけっして首からはずさない。このまま、いつもつけていよう。いつまでも、ずっと。

ふたりでやってみたかったこと、行きたかったところは、まだまだある。

たとえば、ライブハウスへ行くこと。

バンド活動の勉強、というのは半分口実。同じ場所で、同じものを見て、同じようにはしゃぐのは、格別に楽しい。

好きなバンドのライブへふたりで出かけたときには、ふだんもの静かな陸がめずらしく大きく体をゆらしたり、両手をふりあげてリズムをとったりしていた。こんな陸のすがた、めったに見られるものじゃない。

「また来ようね」

大音量の演奏がライブハウスいっぱいに響きわたるなか、葵海が言うと、となりで陸は首をかしげた。

「なに？」

「また、来ようね！」

「なに？　聞こえない！」

「もうっ！　ずっといっしょにいようね！」

こんどこそ絶対聞こえるようにと思いきり葵海が声をはりあげると、近くにいた客が何人もふり向いた。あ、しまった、と葵海は肩をすくめたけれど、陸は笑って葵海を抱きしめてくる。まわりの客のことなど気にしていない。葵海も陸の背中に腕をまわして、ふたりで抱きあいながら同じことを思う。

いつまでも、いっしょにいよう。

100歳の誕生日も、きっといっしょにいよう。

里奈の言ったことは、ほんとうだった。ただの幼なじみとしてすごすのと、彼氏彼女ですごす時間は、やっぱりちがう。

交わすまなざし、短いメッセージひとつにも、おたがいの心を感じる。

陸とすごす日々がどんなに心躍るか。陸といっしょだと、日常のささいなことがどんなに楽しいか。

あふれる想いを、毎日、葵海はことばにして書き残していく。

楽しいこと、うれしいこと、すてきなことだけを凝縮したような日々がすぎていって、やがて、葵海たちは三年生に上がった。

「留学、やっぱりするんだ」

サークルの部室で、葵海が新入生歓迎のチラシの裏に歌詞を書きとめていると、そばに置いてあった留学のパンフレットを陸が手にとった。

陸と彼氏彼女になったことで、迷わなかったわけではないけれど、やっぱり留学しようと決めた。将来のために、夢をかなえるために、大学を出る前に、どうしても海外で勉強しておきたい。

「さみしい?」

わざと葵海がたずねると、陸のほうも平然として答えた。

「べつに。よく英語もしゃべれないのに、翻訳家《ほんやくか》になりたいとか言うよな」

「ことばなんて、向こう行ったらなんとかなるでしょ」

「また後先考えずに……」

「だって、明日のことは、明日悩めばいいでしょ」

「え?」

「今日は今日を、とことん楽しまなきゃ」

葵海がそう言うと、陸はパンフレットをめくっていた手を止めた。なにか考えるようにだまりこんでから、陸は小さくうなずく。

「……うん。そうだな」

「陸の夢は?」

将来の話が出たところで、葵海は前々から疑問に思っていたことを口にした。

「高校まで文系だったのに、大学でいきなり進路変えちゃうんだもん。どうして? 宇宙飛行士になりたいとか?」

すぐに答えられる質問のはずなのに、陸はだまっている。沈黙のあと、陸は手を止めたままで、ぽつりと答えた。

「……さあ、忘れた」

「なんで忘れちゃうのよ」

絶対うそだ、隠してるんだな、と思いながら葵海は笑った。万事そつのない陸が、さしたる理由もなしに進路変更するわけない。

葵海はまだ話を聞きたかったけれど、陸はつづきをさえぎるように、話題を葵海のほうへもどした。

「きっとかなうよ、葵海の夢」

「だといいな」

こうやってはげましてもらえると、やっぱりうれしい。応援してくれる人がいるんだと思うと、がんばろうという意欲がもっともっと湧いてくる。

私が留学へ出発したあと、陸、だいじょうぶかな？　ふと、葵海はそんなことを考えた。一年前へもどって再スタートしてからは、なにをするにもいっしょだったから。ひとりになったら、どうすればいいかわからなくて困っちゃうかも？　そんな想像をして、少しだけ心配になる。

陸に微笑《ほほえ》みかけながら、葵海は言った。

「さみしくても、泣かないでね」

すると、陸はじっと葵海を見つめてから、聞きのがしそうなほどの声で答えた。

「……泣く」

「え？　泣いちゃうの？」

「うん」

「泣かないで」

葵海は笑みを深くする。それから、ふたりは顔を見あわせて笑った。


「はぁ〜あ……、なんで俺には彼女ができないんだ」

回転寿司店のテーブル席で、つみあがったプラスチックの皿を前にしながら、直哉は深々とため息をおとした。

同じテーブルには、横の席に鉄太、向かいに里奈。葵海と陸がつきあうようになって、自然と三人で行動することが増えている。

葵海に片想いしていた直哉としてはショックではあったけれど、もともと葵海と陸は両想いなんだろうなと察しはついていた。それに、あれだけふたりが仲良さそうだと、いっそのこと、あきらめがつく。

「いや、おまえだって、その顔面偏差値《へんさち》なら、理論上超絶モテてもおかしくない」

鉄太はそんなふうに言って、直哉に向かってうなずいてみせる。

「いや〜っ」

そんなにほめてもらうとてれるなあ、と直哉は顔をほころばせてから、ふと気づいた。

顔に問題ないのに、じゃあ、なぜモテないのだ？　これって、はたしてほめられてるんだろうか？

「え、じゃ、なんで？　陸とくらべて、なにがたりないんだよ」

「男としての余裕じゃね？　わかるっしょ？」

鉄太はそう指摘して、直哉の口癖《くちぐせ》をまねてみせる。

「わかるわぁ〜、余裕かぁ〜。はあ〜っ」

直哉はがっくりと肩をおとして、再びため息をついた。自分でも、鉄太の言うとおりだなと思う。好きな子とふたりきりだとしゃっくりが出るなんて、そんなじゃあ、余裕なんてものとはほど遠いもんなあ……。

「そんなことない！」

ふいに、強い声が割って入った。

「え？」

直哉、鉄太は、そろって里奈を見る。これだけは言わずにいられないといった感じに、里奈は真剣な顔でうったえる。

「たしかに余裕はないかもしれないけど、まっすぐだし、純粋だし、天然だけど、いいやつだから友達いっぱいいいるし。顔だって、私は陸より、断然直哉のほうが――」

そこでハッとして、里奈は口をつぐんだ。

直哉は目をみはり、鉄太もおどろきを隠せない。里奈はみるみる頰《ほお》を赤く染める。

三人とも口を閉ざして動きを止め、硬直したような沈黙が流れる。にぎやかな店内で、三人のいるテーブル席だけが静かになる。

「……授業あるから」

里奈はバッグをつかむと、直哉のほうを見ないで席を立った。

直哉はぼうぜんとしていたが、われに返ると、椅子《いす》の背から身をのり出すようにして里奈に声をかける。

「お、おう、がんばれよっ。里奈、授業がんばれよっ！」

里奈を見送ったあと、直哉は急にそわそわしはじめた。

そうなんだよな、里奈っていいやつなんだよな、しっかり者だし、いつもいろいろ手伝ってくれて親切だし、それに、かわいいし……。直哉の目の前に、今出ていったばかりの里奈の顔がやたらとちらつく。

「ノーマークからの急浮上パターンね」

わかったふうの口ぶりで、鉄太はうなずいている。そして、いいぞ、いいぞ、これはいい感じだぞ、とほくそ笑みながら、夢見るような顔つきになっている直哉のようすをのぞき見ていた。

10
予感

再びめぐってきた、大学三年の夏。

「みんなでやる最後のライブかぁ」

サークルの部室で、壁に貼られたセトフェスのポスターをながめながら、葵海《あおい》はしみじみとつぶやいた。

早いもので、あと数日で、再スタートしてから丸一年になろうとしている。

葵海は無事にイギリス留学が決定。そして、今年のセトフェスにはストロボスコープも出演することになり、練習が大詰めに入っているところだった。ラストライブは絶対に成功させようと、みんなはりきっている。

「葵海ちゃん、留学しちゃうしな」

直哉《なおや》もポスターをながめて、なごりおしそうな顔をしてうなずく。

「鉄太《てった》、留年して待っててあげたらー？」

里奈がからかうと、鉄太は直哉のほうを向いて、

「直哉のほうが、断然見込みあるぞ」

なんて言って笑う。

こういう息の合ったやりとりを聞くことができるのも、あと少し。そう思うと、やっぱりさみしい。

「なんか、もっともりあげらんないかな。ライブの終わりに、パーンッておっきな花火上がるとか！」

葵海はわれながら、これはグッドアイディアだなと思った。花火で締めくくるなんて、ラストライブならではという感じがする。それなのに、

「いや、無理」

「無理だってば」

直哉、鉄太から、即座に却下《きやつか》されてしまった。里奈《りな》も、あぜんとした表情を葵海に向けている。陸《りく》だけはあきれた顔をしないでいてくれるが、かといって後押ししてくれるようすもない。

「なんでよ。だって、ほら」

葵海は不満げに眉《まゆ》を寄せて、片面にセトフェス、もう片面に花火大会の告知写真が印刷されているうちわを手にとって見せた。セトフェスの夜、午後八時からは花火大会が催《もよお》される。すぐ近くに打ち上げ花火が何百発もあるわけだから、やろうと思えばできそうな気がする。

「どうせ花火やるんだし、たのめば一発くらい私たちに――」

「いや、無理」

直哉たちは断固として、そろって首を横にふる。だれにも賛成してもらえず、葵海はくやしさのあまり、

「わかんないっしょ！」

つい、直哉の口調が飛び出してしまって、はじけるようにみんなは笑いだした。

7月31日、日曜日。

セトフェス当日。

今日は朝から、お祭りにはもってこいの青空がひろがって、開場直後から例年以上にたくさんの客が足をはこんでいた。

家族、大学の友人たち、俊太郎《しゅんたろう》をはじめご近所の人たちもやって来ている。

焼きそば、かき氷、フウセン釣り、さまざまな屋台がならぶ。広場では、大道芸のパフォーマンスに歓声があがる。

急に金髪に変身した祐斗《ゆうと》は、彼女らしき女の子をつれてきていて、彼女にたこ焼きを口へ入れてもらっては、「あつっ！　熱い熱いっ！」なんて言って笑っている。

にぎやかな呼びこみの声、おしゃべりや笑い、音楽があふれるなか、それぞれ存分に楽しむうちに真夏の一日はすぎてゆく。

もうすぐ、午後六時。

特設ステージでおこなわれていたライブでは、五番目に出演したストロボスコープの演奏が終わったところだった。

「いや～、すてきな演奏でしたね。もう一度、盛大な拍手をお願いします。ストロボスコープのみなさんでしたー！」

最後の曲の余韻《よいん》が消えたところで、司会者がステージへ上がってきた。観客から再び、大きな拍手がおこる。

「ありがとうございましたー！」

葵海たちは客席に向かって深々とおじぎをして、手をふって歓声にこたえながらステージをあとにした。

「終わった、終わった！」

「大成功、だな！」

控え用の大型テントまでもどったところで、葵海、直哉、鉄太はそろってバンザイをした。最後だからと意気ごんで緊張したけれど、ストロボスコープのラストライブは無事に終了だ。

再スタートする前のセトフェスはさんざんだったが、今回は、葵海は途中で歌詞を忘れることもなく歌いとおすことができた。観客も手拍子したり、体をゆらして踊ったり、楽しそうに聴いてくれた。

「お疲れさまー！　よかったよー！」

すぐに里奈がテントへやってきて、冷えたビールを差し入れてくれる。

プラコップにびっしりとついた水滴を目にすると、急にのどの渇《かわ》きを感じた。演奏中は気にとめていなかったけれど、全身から汗が吹き出している。野外ステージで演奏するのは気分いいけれど、太陽に照らされて、体力的にはけっこうハードなのだ。

葵海たちはプラコップのビールを一個ずつ手にとって、高く掲げた。

「かんぱ〜い！」

ところが、もう待ちきれなかったのか、ふと見ると、直哉が一人だけ先にビールをあおりはじめていた。

「直哉！」

「ちょっと、なんで先飲んでんの！」

「おい！　お前、先に飲んで……、おい、こぼれてる！」

葵海、鉄太、里奈が止めようとしているのに、直哉はのどを鳴らしながら飲みつづける。

三人はあきれて見ていたが、

「うまい！」

ようやくプラコップを口から離して、ふーっと大きな息をついた直哉の鼻の下には白い泡《あわ》がヒゲのようについていて、葵海たちは笑ってしまった。直哉は気づかず、「え、なになに？」と泡をくっつけたままで首をかしげている。そのようすがおかしくて、葵海たちはさらに笑う。

「じゃ、もう一度。かんぱ〜い！」

あらためて、葵海たちはビールを頭の上まで掲げた。直哉は軽くなったプラコップをゆすりながら「えー、もうないよー？」なんて残念そうにして、鉄太から「先に飲んだからだろ！」とつっこまれている。

葵海も笑いながら、少し離れたところにいる陸のほうへ呼びかけた。

「陸！　早くしないと直哉に飲まれちゃうよ！」

陸は途中で司会者をつとめている男性につかまって、そのまま話しこんでしまい、なかなか解放してもらえないでいる。

わかってる、というように陸が小さく手をあげたのを見てから、葵海は視線をもどして、ビールを掲げながらみんなの顔をながめた。

これでストロボスコープのライブは最後なんだ、と徐々に実感して、さみしさが強く胸を締めつける。

でも、これでお別れというわけじゃない。

一年後、留学から帰ってきたら、また会える。

そのころには、みんなは就職活動や卒業論文でいそがしい毎日を送っているだろう。

でも、またみんなであつまりたい。そして、もしできるなら、いつかまたストロボスコープを再結成して、またセトフェスへ出演したい。

まずは留学がんばらなくちゃ、と葵海は決意を新たにする。

講義中に居眠りしても起こしてくれる人はいないんだから、自分がしっかりしなくちゃ。

そう思いながら、葵海はビールに口をつけた。よく冷えたほろ苦い液体が、渇いたのどをここちよくうるおしていく。

「きみ！　ギターすごいうまいじゃない。すごいよかったよ！」

司会者はよほど陸の演奏に感心したらしく、さっきから、やたらと陸をほめちぎっていた。

「ああ、どうも……」

「俺もね、昔、バンドやってたんだけど、フォーマイルスって知ってる？」

「フォーマイルス？」

「あ、俺のバンドなんだけど、あれ、知らない？　まじ？」

「わかんないっすね」

「瀬戸内《せとうち》のビートルズって言われてたんだけど。やっぱ、やってた俺から見たら、ちがいがわかるよね。やっぱ、ギターすげぇうまい。すげぇよかった」

陸のギターの感想を言いたいのか、それとも自慢がしたいのか。陸が口をはさむ間もないくらい、司会者は早口でしゃべりつづける。でも、おしゃべりだけれど気のいい人のようだし、陸に無下《むげ》にもできず、そうですね、はい、はい、とあいまいにあいづちをうちながら聞いている。

そろそろ話を切りあげたいんだけどな、と思いながら陸はテントのほうへ目をやって、息をのんだ。

葵海のすがたがない。

ついさっきまで、テントのなかでパイプ椅子《いす》にすわっていたのに。少しだけ目を離したすきに、いなくなっている。

ふいに、ごく細い針の先端でスーッとひっかかれたような得体の知れない感覚が、背中をかすめていった。

陸はいそいで、腕時計をたしかめる。

時刻は、18時5分。

まさか……？

まさか、そんなはずない、と陸は思いながらも、まだしゃべりつづけている司会者にも言い置かず、突然その場から駆け出した。

「あ、ちょっと、きみ！　まだ話したいことが……」

後ろで呼びかける声が聞こえるが、陸はふり向かずに走っていく。

予感めいたものは、以前からないわけではなかった。

なにかを見おとしているような、かすかな違和感。はるか遠くで踏切の警報機が鳴っているような、胸の片隅のざわつき。

でも、それがどういうことなのか、どうしてもわからない。だから、きっと臆病になっているだけなんだとうち消していた。絶対にそんなはずはない、と。

陸は葵海をさがしながら、セトフェスの会場を走りぬけていった。あの得体の知れない感覚はなくなるどころか、ますますひろがっていく。

まさか、まさか……？

いや、そんなはずはない。絶対、そんなことがあるはずない。うかんでくる考えを、陸は無理やりにふりはらおうとする。だいじょうぶだ。きっと葵海はそのあたりで、「なーに、陸、その顔？」なんてのんきに笑っているにちがいない。

広い道路へ出て左右を見まわすと、少し先に人だかりができているのが目に入った。なにかしきりとさけんでいる声もする。

陸は息をのんで足を止めてから、ころげるように再び駆け出す。人だかりをかきわけて中心へ行こうとする陸の耳に、こちらへ向かってくる救急車のけたたましいサイレンが聞こえてきた。

11 消えた微笑み

「マイスター・ホラは、心は時間を感じるためのものだと、モモにおしえます。心が時間を感じられなければ、時間はないも同じだと――」

なにかが落ちる音が聞こえて、葵海《あおい》はまぶたを開いた。

横の席にすわる里奈《りな》が、「とーなーり」とささやいて指さす。葵海がそちらを向くと、教授は「おはよう。いい朝ですね」と皮肉ってから、落ちている本をひろって机の上へのせてくれた。

黒板には教授の字で、7月25日。『モモ』ミヒャエル・エンデ著。

いつもの見慣れた、講義室の光景。

葵海は軽く頭をふって、頬《ほお》づえをついた。頭のなかが、なかなかはっきりしてこない。居眠りしていたのだからぼんやりしているのはあたりまえだけれど、頭の芯がしびれたようになっている。

「それに対して、モモはこう質問します。すると、もし、あたしの心臓がいつか鼓動をやめてしまったら――」

教授の朗々とした声が再び静かな講義室に響きはじめたとき、突然、出入り口のドアがいきおいよく外から開けられた。学生全員がいっせいにびくんっと体を震わせて、ドアのほうへ注目する。

「陸《りく》……」

葵海は目をみはった。ここまで走ってきたのか、陸は顔をこわばらせ、大きく肩を上下させながら息を切らしている。思わず立ちあがった葵海をみつけると、学生たちからそそがれる好奇の視線にかまうことなく歩み寄ってくる。

「どうしたの？　なんかあった……」

葵海が問うのも聞かず、いきなり陸は両腕をまわして抱きしめてきた。葵海の目の前が、陸のシャツにふさがれる。陸の腕にいっそう力がこもり、葵海は息苦しいほどになって身動きもできない。

学生たちはみんな、しばらくあっけにとられて見守っていたが、

「ちょっと、なにやってんの、バカップル」

里奈がそう言ったのをきっかけに、笑いとはやしたてる声があちこちからおこった。

それでも陸は、葵海を強く抱きしめて離そうとしない。葵海の声以外聞こえない、葵海のすがた以外なにも目に映らないかのように——。

講義が終わり、里奈とつれだってサークルの部室へ行ってからも、葵海は陸のことが気になっていた。

あれから、「どうしたの?」と何度たずねても陸は答えようとせず、ふいに両腕をゆるめると、入ってきたときと同じように無言で出ていってしまった。しかも、とっくに集合時間をすぎているのに、まだ部室へも来ない。

「『Yeah! Yeah! Yeah! Yeah! Yeah!』……」

陸のことが気がかりなまま、葵海は歌いはじめる。一曲終えたところで、葵海はふっと息をついた。

「直哉《なおや》、また同じとこまちがえてたでしょ」

「あ、ばれた? ま、本番までには間にあわせるから」

直哉が頭をかくと、鉄太《てった》がいつものようにからかった。

「想像してみろ、おまえの上達ペースを。百パー間にあわない」

すると直哉は、顔をしかめて言い返した。

「俺より、陸だろ。なんで、あいつ来てねぇんだよ」

昨日まで、練習に熱が入っていたのは陸のほうだった。ラストライブなんだから、本番ではミスなく決められるようにしようと言って、気になる個所《かしょ》に何回もやりなおしの指示を出していたほどだ。

「なんか連絡は？」

里奈に問われて、葵海は首を横にふった。講義が終わったあとから何回もメッセージを送っているのに、いまだに陸からの返信はない。

「なんなんだよ。ライブ、日曜だぞ」

直哉がめずらしくいらだった表情をうかべているのを見て、里奈は声をひそめて、葵海へささやいてきた。

「陸、ようすおかしかったよね、さっき」

「うん……」

「なにかあった？」

「……ううん、なんにも」

心あたりは、なにもない。昨夜までは、ふだんと変わりなかった。寝る前にも、おやすみ、とか、ラストライブがんばろうね、とかメッセージを送りあっていた。なんでもないよね、と思っても、胸の隅がざわついている。

だいじょうぶ。きっと明日には、陸は笑顔になっている。

葵海は心のなかでくり返しながら、自分をおちつかせるように首もとで光るネックレスへ手をやった。


陸を抜かして、三人だけで練習を終えたあと。

葵海はすぐに大学を出る気になれず、どこへ行くともなく校内をぶらついていた。陸はどうしているのか、気がかりでたまらない。

陸のすがたをさがすようにあちこち見やりながら、わたり廊下《ろうか》を歩いていったとき。中庭で、なにかもめているらしき男女が目にとまった。

それは陸と、あの理工学部の院生・小原遥《おばらはるか》。

陸はしきりと話しかけるが、遥は首を横にふって背を向ける。陸は追いすがる。その必死なようすは、とおりかかった学生たちから注目されるほどだ。

陸をふりきって、遥は去っていく。

とり残されてうなだれる陸の後ろすがたを、葵海は見つめる。少しずつ、胸のざわつきが大きくなっていくのを感じながら——。

「お、葵海ちゃん、いらっしゃい」

入り口の戸を開けると、『HASEGAWA COFFEE』の店内にはいつものようにコーヒーの香りが満ちていた。カウンターの中では、俊太郎《しゅんたろう》が細長い注ぎ口のポットをあやつりながら微笑《ほほえ》んでいる。

翌日、やっと陸と連絡がとれた。でも、二階からおりてきた陸は、睡眠不足のふきげんそうな顔をしている。

「新しい曲、作りたいなって思って」

胸のざわつきは消えていないけれど、つとめて明るく葵海は切り出した。それなのに、陸は「うん」とそっけなくうなずくだけで口数が少ない。

「前の一年より、書くこと、いっぱいあったんだ」

ふたりでテラスへ出て、葵海がトートバッグを逆さにすると、テーブルの上へたくさんの紙切れがちらばった。

レシート、箸袋《はしぶくろ》、ノートの切れ端。あいかわらず、歌詞のアイディアを手近にある紙に書きとめる癖《くせ》はなおらない。しかも、今回は量が多すぎて、とても一枚ずつテーブルの上へならべることができない。

ラストライブまで日にちがないし、新曲を作っても、人前で披露する機会はないかもしれない。でも、作っておきたい。こんど作る曲は、陸との新しい一年間を記念する歌になるはずだから。

「歌い出しは、こんな感じどうかなって」

トランプをめくるようなしぐさで葵海は紙切れをつぎつぎにたしかめていって、数枚を選び出した。陸は二、三度、ギターを鳴らしてから、ならべられたことばにメロディーをつけはじめる。

「『好きだよって君のことば　うそみたいにうれしくて』……」

いい声だなあ、と葵海は感心した。陸の歌声は、やさしくて、やわらかくて、いつまでも聴いていたいようなここちよさがある。

「ライブでも歌えばいいのに」

つねづね思っていることを葵海は口にした。でも、真剣に言っているのに、陸の反応はそっけない。

「俺はいーよ」

「またそれだ」

「俺はいーから、葵海、やりたいことやれよ」

陸のその言い方は、投げやりにも、勝手にすればいいとつき放されているようにも聞こえてしまう。一年前の夏へもどって再スタートしてからは、どこでもふたりで出かけて、なんでもふたりでやってきたのに……。

「じゃ、いくよ」

葵海が表情をくもらせていることに気づいていないのか、気づかないふりをしているのか、陸はまたギターで簡単な伴奏をつけながら歌いはじめた。

「『まるでちがって見える　いつも見上げる空も』……」

「あ、つぎ、なんだっけ」

葵海はいそいで、紙切れの山をさぐった。こんな感じはどうかなと、おおまかな流れは考えてある。『伝わるぬくもり』『その横顔も特別に変わる』がメモされた紙切れを選び出したとき、

「『伝わるぬくもり　その横顔も特別に変わる』……」

陸のくちびるから、まさに同じことばが歌声になってつむぎ出された。

陸の前へ紙切れを置こうとしていた、葵海の手が止まった。聴きまちがえではないかと、葵海は手もとの紙切れをたしかめる。

「まだ一度も見せてないよ、この歌詞」

葵海が言うと、ギターを弾《ひ》いていた陸の指が止まった。顔がこわばるのをおさえているけれど、うまく隠しきれていない。

一秒一秒が何十倍にも感じられるような、重たくまとわりついてくる沈黙がふたりのあいだに流れる。

葵海はじっと陸を見つめる。でも、陸のほうは葵海を見ようとしない。

見てもいないメモ書きをぴたりと当てるなんて、絶対にできるはずないこと。でも、可能にする方法が、ひとつだけある。

「陸……」

急にのどがカラカラに渇《かわ》いて、舌がもつれる。葵海が押し出した声はかすれていた。

「私にないしょで……、もどってるの？」

12 沈黙の理由

午後の図書館で、陸《りく》は一冊のノートを開いていた。端がうっすらと汚れるほど使いこんである、あのノート。

今日も、部室へは顔を出していない。ライブのことなど、すでに頭からふっ飛んでいる。

『7月31日、セトフェス開始、天気・快晴』

『17時15分、ライブ本番』

『18時00分、ライブ終了。葵海《あおい》、会場を出る』

こまかな字で書きこまれたページを、陸はにらみつけるようにしている。かならず、できるはずなんだ。現に一度は、できたのだから。まだどこかに、きっと可能性はあるはずなんだ。

そう考えながらボールペンの先でイライラとページをたたいていたとき、スマートフォンが着信を知らせた。こんなときにうるさいな、とさらにいらだちながらも、陸は手をのばして机の上に置いてあるスマホを操作する。

『今すぐ部室に来い！　葵海ちゃんがヤバイ！』

直哉《なおや》からとどいたメッセージが目に入るやいなや、陸は荷物を席に置きっぱなしにして図書館から駆け出した。


「イエーイ、やった！　ほら、やっぱ来た！」

部室のドアを体当たりするようないきおいで開けると、陸を迎えたのは、直哉が歓声をあげて小躍りするすがただった。

「来ちゃうのかよ！」

直哉のとなりでは、鉄太《てつた》がくやしそうにわめいている。

「はい、鉄太くん、回らない寿司おごりー！」

「まじかよ、くっそ！」

「あ、葵海ちゃんも来た」

直哉のことばに陸がふり向くと、後ろに葵海が里奈《りな》とつれだって入って来ていた。葵海に変わったようすはない。だまされた、とやっと陸は気がついた。

「あんたたち、なに賭《か》けてたの？」

里奈が直哉をにらむ。直哉と鉄太の騒ぐ声は廊下《ろうか》まで聞こえるほどで、またくだらないことしてるんじゃないかと里奈は案じていたところだった。直哉は笑いながら、陸を指さして答えた。

「え？　陸が練習に来るかどうか。練習サボるくせに、葵海ちゃんのことで呼び出したら、ソッコー駆けつけてやんの」

「直哉に読まれてどーすんだよ。練習すんぞ」

鉄太も笑って、無言で立ちつくしている陸の肩を軽くたたく。

「おごりね、おごり。忘れないでよ」

「わかった、わかった」

直哉と鉄太は笑ってやりとりしながら、それぞれの準備にとりかかった。でも、陸は動こうとせず、くちびるを固くひき結んでいる。

「……陸」

葵海は話しかけることもできなかった。どなりつけたいのをこらえているのが、傍目《はため》にも感じとれる。

里奈がそれを察して、陸をなだめた。

「許してやんなよ。これでも二人とも心配してんの」

回らない寿司なんて口実、陸のために知恵をしぼったんだと、里奈にはちゃんとわかっている。

真意を言い当てられて、直哉と鉄太は準備の手を止めると、陸へ歩み寄っていった。

「おまえ、最近、なんかおかしいだろ」

鉄太がそう話しかけると、直哉もことさら明るい調子でつづけた。

「言えよ、バカ。俺らみんなバカだからさ、おまえの考えてることさっぱりわかんねーけど、なにかかかえてんなら少しはたよれ！　な？」

深刻になるとかえって負担だろう。陸が話しやすい気楽な雰囲気《ふんいき》にしようと、直哉と鉄太はふだんどおりの笑顔で答えを待つ。

でも、陸はいっさい拒絶して、背中を向けた。

「……用事、あるから」

説明なんかしたくない、だまされたのを怒ることさえしたくない、おまえらになにも言いたくない、というように。

「おい！」

足早に出ていこうとした陸を、直哉は後ろから肩をつかんでひき止めた。こっちを向け、とばかりに、肩をつかむ手に力をこめる。

「用事ってなんだよ。俺たちの最後のライブだろ？」

「それどころじゃないんだよ」

「は？　ハァ？　おまえ、本気で言ってんのかよ！」

直哉は語気を荒げて、陸の衿《えり》もとをつかみあげた。しっかり練習して、日曜のライブでは葵海に気分よく歌わせてやりたい。メンバー全員にとっての良い思い出にしてやりたい。留学へ出発する葵海の良い思い出にしたい。それなのに、今、ライブ以上に、どんな重要なことがあるというのか。「それどころじゃない」なんて、二年以上つづけてきたバンド活動のすべてを鼻先であしらわれた気がして、直哉は力まかせに陸の衿もとをひっぱってまくしたてる。

「そうだよな、ライブなんてどーでもいーよな！　おまえ、いつも完璧《かんぺき》だもんな。俺らのレベルに合わせるの、つまんねーよな！」

直哉の剣幕に、葵海も里奈も口をはさめなかった。直哉がこんなふうに声を荒げたり、ひとにつかみかかったりするところなんて見たことがない。それでも、陸の表情は動かなかった。目の前数十センチにいる直哉のことさえ目に入っていないように、抵抗することも、うろたえもしない。

「直哉」

鉄太が後ろから、腕をひいて止めた。たしなめるというより、もうむだだからやめろ、と言おうとしているようだった。

「もういーわ。俺たちだけでやる。ほら、行けよ」

直哉は衿もとをつかんでいた手をゆるめると、陸の胸もとを乱暴につき飛ばした。陸はよろめいて、数歩後ずさる。そして、口を閉ざしたまま、部室から出ていった。

陸を追って、葵海も廊下へ出た。

でも、途中で足が止まった。陸の背中には張りつめたものがただよっていて、葵海が近寄ることさえ拒《こば》んでいる。陸はうつむきがちに、せわしない足どりで去っていく。葵海は呼びかけることさえできず、遠ざかる後ろすがたを見送るしかできない。

なにかに心を囚《とら》われてしまっているような、陸のあの雰囲気。

あれは、前にも感じたことがある。直哉たちはおぼえていないけれど、葵海だけには記憶がある。

一年前の夏へもどって再スタートする、少し前。

あのころ、陸は練習に来てもすぐに帰ってしまって、でも、用事があるというわりに、どんな用なのかは説明しようとしなかった。「女だろ」と鉄太にからかわれてもうけ流して……。毎日遅くまで大学に残って、家でも深夜まで勉強しているとかで、やたらといそがしそうにしていた。

同じだ、今の陸は。

再スタートする前の、あのころと――。


同じ大学内とはいえ、理工学部の校舎へはほとんど足を踏み入れたことがない。勝手がわからず、目当ての研究室をさがすのにかなり手間どった。

突然たずねていった葵海に小原遥《おばらはるか》はいぶかしげな視線を向けたが、長谷川《はせがわ》陸のバンド仲間だと名のると、

「ああ、陸くんの」

すぐに気を許した微笑《びしょう》に変わって、こころよく葵海を中へまねき入れてくれた。そのようすから、陸と遥がよく知った間柄であることがうかがえる。

葵海が聞きたかったのは、陸と話していたのはどんな内容だったのかということ。

その問いに、たんなるバンド仲間ではないと察したのか、遥はやわらかに葵海に微笑《ほほえ》みかけて、

「勉強のことだけよ。いつも、それだけ」

葵海を安心させようとしてか、少し口調をゆっくりにした。

「量子力学、相対性理論……、彼の質問は時間に関することばかり」

「時間……」

「勉強熱心なのはわかる。でも、最近の陸くんは、ちょっと常軌を逸してる。途方もない時間のかかる分野よ。陸くんだってわかってるはずなのに、『それでも今じゃなきゃ意味がない』って」

遥が口にした「今じゃなきゃ」ということばが、葵海の胸に刺さる。どうして、今でないと意味がないのか。なにを陸は調べたがっているのか。その答えは、おぼろげに葵海にもつかみかけている。

だまりこんでしまった葵海を、遥はまなざしに温かな色をうかべてのぞきこむようにしてきた。

「まだ二十一歳でしょう? 彼は、なにをそんなに必死になってるの?」

あせらなくていいのよ、と先輩らしいおちつきをもって遥は語りかける。葵海をとおして、陸に諭《さと》すように。

遥は知らない。陸には、あせらなくてはならない理由があることを。

でも、それは葵海も口には出せなかった。それに、たとえうちあけたとしても、絶対に信じてはもらえないだろうから――。

突然おしかけたことをわびて研究室を出たあと、葵海はのろのろとした足どりで廊下《ろうか》を歩いていった。

床がゆれているみたいに感じて、足もとがおぼつかない。ときどきくずおれそうになるのを、壁に手をついてこらえる。

「私にないしょで、もどってるの？」――あの問いへの返事は、結局、陸からはもらえなかった。陸はなにも説明しない。でも、その沈黙こそが、ことばよりもっと明確な肯定になっている。

再スタートする前、あのころ、陸はなにに囚われていたのか。

どうして、陸はまた時間をもどしているのか。

どうして、それをないしょにしているのか。

そして、さっき遥におしえてもらったこと――「彼の質問は時間に関すること」「今じゃなきゃ意味がない」。

ピースをあつめていくうちに、だんだんと、答えの輪郭《りんかく》がうかびあがっていく。

足をひきずるようにして歩いていって、気がつくと図書館の前へ来ていた。

音をたてないよう静かにドアを開けると、エアコンの冷気を求めてか、勉強や読書に来ている学生がちらほらといる。

そのなかに、陸のすがたがあった。

細長い閲覧机《えつらんづくえ》に、背中をまるめてすわっている。顔が見えなくても、葵海には陸だとすぐにわかる。葵海は足音をひそめて中へ入っていき、陸からは見えない位置に席をとった。

陸は机の上にひろげたノートへずっと視線をおとしていて、葵海が来ているのには気がつかない。

そのまま三十分近くもたったころ。陸は両手で頭をかかえこんで机につっぷしたあと、ノートを閉じて席から立った。

陸が廊下へ出るのを待って、葵海は陸の席へ近寄っていった。

陸の席には、物理学の本が数冊。閉じてあるノートの表紙にタイトルはない。ノートをめくってみて、葵海は目をみはった。

『7月31日、セトフェス開始、天気・快晴』

『17時15分、ライブ本番』

『18時00分、ライブ終了。葵海、会場を出る』

葵海の記憶にも残っているセトフェスの日の行動が、ページに書きとめてある。

このあと、やや乱れた字でいろいろメモ書きされていて、そして、ページの下のほうにひとつの時刻が記されていた。

『18時10分』

つぎのページをめくると、再び、一行目は『7月31日、セトフェス開始』ではじまっている。

終わりは、再び、『18時10分』。

つぎのページも、そのつぎのページも、またつぎのページも、同じだった。途中のメモ書きの部分は異なっているけれど、つぎつぎにめくっていってみても、どのページも最後は同じ時刻が記されている。

さらに、そこには赤いペンでバツ印が書かれていた。『だめだった』『これもだめ』『失敗』。そんなことばかりが、ときにはページに穴をあけるほどの強い筆圧で書きそえられている。

7月31日、18時10分。

なにがおこった時刻なのか、葵海にもわかった。

あの事故がおきた、まさにその時刻。シャッターを切ったように、この時刻を示した時《と》計《けい》塔《とう》の文字盤が目に焼き付いている。

なぜ、どのページも、ここで終わっているのか。

鼓動が速まり、手のひらがじっとりと汗ばんでくる。

時刻を記した字を葵海は食い入るように見つめて、ノートを閉じると、やはり足音をたてないようにしながらその場を離れた。

13 運命の時刻

かならず、できるはずなんだ。あきらめるものか。まだどこかに、きっと可能性はあるはずなんだ。

陸《りく》はそう考えながら、とっくに今日の営業を終えた『HASEGAWA COFFEE』のフロアにひとりきりでいた。

ぐったりとソファーにもたれて、陸はじっと天井へ目をやっている。暗い天井になにが見えるわけでもない。でも、まぶたを閉じると、思い出したくない光景がいやおうなくちらついてしまう。

昨夜も、その前の夜も、ろくに眠っていない。疲れが体じゅうにたまっている。ソファーにもたれていると、はてしなく体がしずみこんでいきそうになる。だめだ、休んでいるひまはない。もっともっと考えなければ。そう思っているのに、考える力を使いはたしてしまって頭がはたらかない。

「陸？」

フロアに人の気配があることに気づいて、俊太郎《しゅんたろう》は声をかけた。閉店後の店内は、街灯の光がうっすらと窓から入ってくるだけだ。手もともさだかではない暗がりのなかで、陸は灯りをつけようともせずにすわっている。

「どうした？」

俊太郎が近寄っていっても、陸はふり向きもしない。壊れた人形のように身動きもせずにいる。俊太郎は急《せ》かすことなく、そばにたたずんで返事を待つ。

「……何度も試したんだ」

何十秒も沈黙が流れたあと、陸は天井へ目をやったままで、なかばひとりごとのようにつぶやいた。

「ライブの終わりに葵海《あおい》をひとりにしない。旅行につれ出す。どこにも出られないように閉じこめる。でも……、結局、そのたったひとつが変えられない」

どんなに苦しくても、だれにもうちあけないつもりだった。でも、あの不思議なレコードのことを信じてくれる人は、葵海のほかにはこの世で一人だけしかいない。もとの持ち主、俊太郎だけ。

「数えきれないくらい、見た。7月31日、18時10分。どうしても助けられなかった……」

運命の、あの時刻。

あの時刻におきることを変えようとして、〝人生のレコード〟を使って、何度も時間をもどした。でも、何度やりなおしても、18時10分におとずれる運命だけがどうしても変わらない。

でも、あることを試したときに初めて、葵海も記憶を持ったままでもどって、これで運命は変わったんだと安心していたのに……。

一年前の夏から再スタートして、迎えたセトフェスの日。

ライブも盛況で、なにもかもうまくいっていた。が、目を離したすきに葵海がいなくなっていて……。会場を出て、さがしまわって、やっとみつけたとき、葵海は救急車にのせられようとしているところだった。

おとずれたのは、またしても同じピリオド。陸はまた、〝人生のレコード〟で時間をもどすしかなかった。

やっぱり、運命は変えられないのか？

いや、ちがう。と、陸は自分を奮《ふる》い立たせる。運命はかならず変えられる。だって、その証拠がある。

「でも、一度だけ、葵海といっしょにもどれたんだ。レコードにふれてもいないのに、時間がもどった。初めて、運命を変えられた。だから、きっと、まだできることがあるはずなんだ」

自分をはげまし、確認するように、陸は力をこめて言った。

たった一度でもうまくいったことがあったのだから、可能性はある。

うまくいかせるためには、どんな条件をそろえることが必要なのか。あらゆる物理学の本を読み、小原遥《おばらはるか》にもいろいろ質問をして、それを追究して、いまだに解答へたどりつけないけれども……。

でも、可能性はある。

「おまえ、死のうとした？」

ふいにかけられたことばに、はじかれたように陸は俊太郎のほうへ向きなおった。

俊太郎には、すべて見抜かれている。陸は小さくため息をついてから、消え入りそうな声で答えた。

「その時間、代わりに俺の命がなくなれば、葵海が助かるんじゃないかって……」

俊太郎の言ったとおりだった。

何度やりなおしても結果が同じで、あとはなにができるんだと悩んで、考えて、考えあぐねた末にひらめいたのは、身代わり、ということば。陸は決心をかためると、あのノートに『今まで試していないことをする』と記してから、一文字ずつゆっくりと書きくわえていった。

『7月31日、別の命が消える』。

それは賭《か》けだった。

自分がいなくなったら、もう時間をもどせないから。

でも、自分が命をおとす代わりに、葵海は助かるかもしれない。

もしも、これでも失敗だったら……。ふたりとも命をおとすことになる。それなら、それでもいい。

そうして、7月31日、18時10分。葵海が紙切れをひろおうとして道路へ飛び出した、あの瞬間。

足がすくんで動けないでいる葵海を救おうとして、陸はみずからトラックの前へ身を躍らせたのだった。

「その瞬間、もどったんだろ？」

俊太郎の問いに、だまって陸はうなずく。静かな声で、俊太郎はつづけた。

「死ぬ運命じゃないおまえが死のうとしたから。もしいっしょにもどったのなら、葵海ちゃんは巻きこまれただけなんじゃないか？」

目を見開いた陸に向かって、俊太郎はさらに告げる。

「葵海ちゃんの運命を変えられたんじゃない。おまえの運命を変えられなかっただけ」

そのことばは、陸の胸に容赦《ようしゃ》なくつき刺さった。

なぜ、あの一回だけちがったのか。

もともと葵海の運命は変わっていなかったと解釈すれば、謎が解ける。

すべてが解き明かされた思いで、陸はぼうぜんとした。そして、そうか、これだったのか、と気づいた。

再スタートした一年をすごすあいだにも、かすかに、ほんのかすかに、つねに違和感がつきまとっていた。なにかを見おとしているような……。

レコードにふれもせずに時間がもどったこと。

それを深くは考えなかったけれど、心の片隅にひっかかっていた。自分では、ほとんど意識しないほどに。でも、確実に状況は変わっていたから、これで絶対だいじょうぶなんだと思いたかったし、実際、思いこんでいた。ピリオドは同じだと、あの一年の終わりに知らされることになったけれども……。

葵海は巻きこまれただけ。

おそらく俊太郎の指摘することが正しいのだと、直感的に陸は悟っていた。でも、それを認めたくなくて言い返した。

「……なんで、そんなこと言いきれるんだよ！」

挑むようににらまれても、俊太郎の表情はゆるがない。俊太郎は陸を見つめ返しながら、さほど大きくはないがはっきりとした声で答えた。

「俺も、やったことがあるから」

陸は息をのみ、つぎのことばを失った。

くわしい説明をされなくても、充分だった。ごく短いことばのなかに、俊太郎のあらゆる苦しみ、葛藤《かっとう》、絶望が詰まっている。それは、今、陸が味わっているものと同じはずだったから。

そして、気がついた。

俊太郎は〝人生のレコード〟を持っていたのに、妻はもうこの世にいない。それこそが、運命を変えられないという証明じゃないか。

〝人生のレコード〟で変えられるものもある。現に、たくさんのことを自分に都合よく変えてきた。

でも、変えられないものもある。

望みはたったひとつなのに、と陸はさけびたかった。大それたことなんか望んじゃいない。これからも葵海といっしょにいたい。ふたりで人生を歩んでいきたい。ただ、それだけなのに……。

でも、かなえてはもらえない。

命のつきる瞬間。それだけは、動かせない。

それが、運命。

俊太郎の視線が陸からはずれて、店の一角へ流れる。フォトフレームに飾られている妻の写真のほうへ。暗がりで見えなくても、俊太郎の心の目には妻の笑顔が映し出されているのにちがいない。

俊太郎にならうように、陸もフォトフレームのほうへ目をやった。陸の目のなかが熱くなり、あたりが白っぽくかすむ。

でも、泣きたくない。泣いたら認めてしまうことになる。何度やりなおしても運命は変わらないのだ、と。

だから、泣きたくない。

店の戸の陰で、葵海はひとりでたたずんでいた。

たずねていこうか、どうしようか。迷っていると、店の中から陸と俊太郎の話し声がもれ聞こえてきたのだった。

やがて、店内が静かになっても、葵海はその場から動けずにいた。何百回とくぐって慣れ親しんだ入り口の戸に、じっと手をふれながら——。

14 永遠へのいざない

翌日、葵海《あおい》は朝食をすませると、バンドの練習があるからと言って家を出た。食欲はなかったけれど、昨夜も外で食べてきたと圭子《けいこ》にうそをついて夕食をとらなかったから、朝食は無理に胃へ押しこんだ。

でも、部室まで行ったものの、練習に集中できない。みんなといっしょにいるのさえ苦しくなってきて、とうとう、逃げるように大学を出た。

家へ帰る気にもなれず、葵海はひとりで海岸をさまよう。

昨夜は一睡もしていない。どれくらいかわからないほど『HASEGAWA COFFEE』の前にたたずんでいたあと、帰宅すると、そのまま自分の部屋へこもった。そして、窓を開け放って、寄せては返す波の音を聞き、夜空に夏の星座をさがしながらすごした。陸《りく》と俊太郎《しゅんたろう》のやりとりを思い返しながら、水平線が淡いオレンジ色に染まり、やがて白く光って、太陽が顔をのぞかせるまで——。

「葵海」

何時間もあてなく風に吹かれて、あたりが夕闇につつまれたころ。砂を踏みしめながらゆっくりと近づいてくる足音が聞こえて、そちらを向くと陸が来ていた。

「ここにいたんだ。曲のつづき、作ろう」

昨日までの硬い表情とはうって変わって、陸は笑みをうかべている。でも、それは本物の笑みじゃない。ひびの入った陶器《とうき》みたいに、さわったら砕けてしまいそうなもろい笑顔。仮面の笑顔。

演技がへただね、陸って。

葵海は心のなかでつぶやいたけれども、それを口には出さない。だまってうなずいて、陸といっしょに歩きはじめる。

「『好きだよって君のことば　うそみたいにうれしくて』……」

葵海といっしょに自分の部屋へ入ると、陸はギターで簡単な伴奏をつけながら歌いはじめた。

「『まるでちがって見える　いつも見上げる空も』……。つぎは？」

このあいだのことなど忘れたように、陸はうながす。葵海もなにも言わず、ローテープルの上に積まれた紙切れの山から『伝わるぬくもり』『その横顔も特別に変わる』を選び出して陸の前へ置いた。

「つぎは？　どうする？」

少しずつメロディーをつけていっては、陸は先をうながす。そのたびに、とっくに陸はフルコーラスの歌詞を知っているんじゃないかと疑いながらも、葵海はことばを選び出していく。

「私にないしょで、もどってるの？」——あの問いなど、まるで聞かなかったように陸はふるまっている。葵海もかさねて問いつめることはしない。

「いい感じじゃん？」

フルコーラスの歌詞と曲ができあがると、葵海に向かって、陸はまた口もとに笑みをうかべてみせた。

「明日のライブでやりたいけど、絶対、練習間にあわないよな。とくに直哉《なおや》。しょーがない、一ヶ月もどって、みんなで練習しよう」

ことさらに陸は軽い調子をよそおう。

それが練習のためでないことは、葵海にもわかった。明日になる前に、もどってしまおうとしているのだ。『7月31日、18時10分』になる前に。

陸はギターを置いて立ちあがり、押入れのほうへ行こうとしたが、葵海がついてこないことに気づいてふり向いた。

「葵海？」

陸が呼びかけても、葵海は立ちあがらない。ローテーブルの前にすわったままで、ひざに両手を置いて動こうとしない。ひき返してきた陸に、葵海はひざに目をおとしながら言った。

「……もう、うそつかなくていいよ、陸」

「え？」

「何回くり返したの？　何回、私が死ぬのを見たの？」

〝人生のレコード〟のことをおしえてもらったとき、陸が口にしたことば――「今まで、一度も」。

「一度も」ってことは、何度もやったの？　そうひっかかったけれど、ギターの練習のことや、十六歳の誕生日プレゼントのことだったのかな、と思った。でも、そうじゃなかった。あのとき陸の頭にあったのは、『18時10分』の運命を変えるためにやった数えきれないほどの試みのことだった。

陸はひとりきりで、何度も同じ時間をやりなおしていた。そして、そのたびに、おびただしく血が流れるのを目《ま》のあたりにした。

何度も、何度も、何度も。

「あの日、私の代わりに――」

「おまえは死なない！」

葵海をさえぎって、陸は声をはりあげた。

「もどれるんだ、いくらだって。ふたりで、ずっともどりつづければいい」

だから、だいじょうぶなんだよ。そう言いたげに、陸は葵海に笑みを向ける。

昨夜、運命を変えられる可能性はないのだと知らされて、うちのめされ、一晩中眠らずに考えて、ある結論へたどりついた。

運命を変えられないなら、それでいい。

葵海を救う道は、ほかにもある。

運命の時刻を迎える手前で、時間をもどすだけ。そうして、再びあの時刻が近づいてきたら、またもどればいい。そうすれば、葵海に死がおとずれることはない。いつまでも、永遠に。

簡単なことだったんだ、と陸は笑いたい気分になった。なんだ、悩むことはなかったんだ。最初から、そうしていればよかったんだ。

「ほら」

陸は笑みをうかべながら、葵海の手をとって立ちあがらせた。

「つぎは、どこに行く？　高校とか、どう？　ほら、あのつぶれた焼きそば屋、また葵海と食いたいなって」

明るい口調を作ってしきりと話しかけながら、陸は葵海の手をひいて、押入れの前へといざなう。陸がふすまを開けると、上段に置いてあるレコードプレーヤーには、いつものとおり〝人生のレコード〟がのせてあった。

「それに、文化祭。葵海、歌いたいって言ったのに、俺、ヤダって出なかったからさ。やりなおそう、もう一回もどって」

葵海の手を、陸はトーンアームにそえさせる。さあ、とうながされて、葵海はトーンアームの先を指で持ちあげた。

回転しはじめたレコードを、葵海はじっと見おろす。これから先がどうなるのかの鍵《かぎ》を、今、このレコードがにぎっている。

永遠の命。

いつまでもつづく幸せな時。

それはきっと、だれもが一度は切望すること。それを可能にする方法が、今、自分の手のなかにある。

陸のそばにいたい。その思いが、葵海のなかで強く湧きあがる。私だって、陸とずっといっしょにいたい。

針をおろすだけでいい。たったそれだけで、運命の時刻を避けられる。いつまでも、陸といっしょにいられる。

ゆっくりと少しずつ、葵海は針を下げていく。レコードにふれるまで、あと一ミリにも満たなくなったとき、

「……だめ！」

葵海はトーンアームを横へはらった。陸の手をふりきると、やにわにレコードを持ちあげる。そして、左右から思いきり力をこめた。

きしむような鋭い音とともに、レコードはまん中から割れた。葵海の手から放れて、割れたレコードは畳《たたみ》へころがる。

目の前でおこったことが理解できないように、陸は目を見開いている。それから、ハッとして顔をひきつらせると、

「なんで……」

床にかがんで、すぐさまレコードをひろいあげた。

「今まで……、俺がどんな思いで……、どんな思いで、何度もくり返してきたと思ってんだよ」

割れたレコードを片方ずつ左右の手にとって、直線的な割れ口を見くらべながら、陸はその場で合わせようとする。今すぐなら元どおりにくっつくとでも思っているように。でも、かすかな音をたててぶつかるばかりで、割れ口はなかなか合わない。

「もどらなくていい。もどりたくない」

葵海は声が震えそうになるのをこらえて、はっきりと告げた。

「……なに勝手にあきらめてんだよ」

欠けた月のようになったレコードを持って、陸は葵海へつめ寄る。

「絶対、もどしてやる。俺が助ける。俺が、何度だって、葵海ともどって――」

「いつまで？　これからずっと？」

「ずっとだよ！」

「そんなの生きてるって言える⁉」

「生きてなくたっていい！」

声をはりあげた陸に、葵海は息をのんだ。身を硬くした葵海へ、陸はすがるようなまなざしを向けてつづける。

「……葵海のいない未来なんて、俺には意味がない」

葵海のためならなんでもする。これまでだって、そうやってきた。たいせつなのは、葵海がそばにいてくれることだけなんだ。

陸のまなざしがそううったえかけてくるのを感じとっても、葵海によろこびは湧いてこなかった。いっそう苦しく胸が締めつけられる。

「これ以上、陸の時間、奪いたくない」

葵海の頰《ほお》に涙がつたう。

どうして、陸が大学で急に理系志望になったのか。疑問に思っていたことの理由も、小《お》原遥《ばらはるか》と話してわかった。時間の謎を解くため。葵海を救うため。そのために進路まで変更した。自分のほんとうの志望を捨てた。

そうやって、ひたすら葵海のためだけに、いったいどれほどの時間を陸はすごしてきたんだろうか。

何度も、何度も、何度も、〝人生のレコード〟を使って、進んではもどって、これまでにどれほど膨大《ぼうだい》な時間を費《つい》やしてきたんだろうか。

陸がひとりで〝人生のレコード〟を操作すれば、葵海にさえ記憶は残らない。

まわりの人たちが、毎回、初めて体験する時間として、楽しげにおしゃべりしたり、笑ったり、怒ったり、さまざまに感情をゆらしてすごしているなかで、陸だけは、どんどん、どんどん、記憶を背負っていく。

陸の内部にだけ積もっていく記憶は、まわりの人たちとのあいだに、少しずつ、見えない壁を作っていく。

ループするだけの時間は、どれだけかさねても実りを得ることはない。どこかへ到達することはない。

それは、まるで陽の射さない密室。

時間の牢獄《ろうごく》。

そのなかに、今、陸は囚《とら》われている。

「やりなおしたくない。どの時間も。だって、陸と会ってからの十四年も、陸とくり返した一年も、すっごく楽しかったから……」

葵海の頬を、つぎつぎに涙はすべりおちていく。あふれる涙をぬぐうことなく、葵海は陸を見つめる。

初めてもらった、「好きだよ」ということば。

秋の図書室で交わしたキス。

ふたりでながめたクリスマスイブの雪。

陸とすごしてきたいつの時も、あざやかに葵海のなかで息づいている。だから、やりなおしたくない。

陸の顔からは、さっきまでの偽物《にせもの》の笑みはすでに消えていた。無表情にも思える顔で割れたレコードを持って、葵海を見つめ返している。

どちらも口を開かない。

やがて、陸のほうから視線をはずすと、床へしゃがみこんで、レコードのかけらをさがしはじめた。隅のほうへちらばっていないか、隙間《すきま》に入りこんでいないか、畳に顔をこすりつけるようにしてたしかめている。

そのようすは、葵海のことも忘れてしまったようだった。葵海と話すことよりも、割れたレコードのほうが重要そうだった。

もしかしたら、ほんとうに陸には私が見えていないんじゃないか、とさえ葵海は思った。

いつのまにか空間がねじれて裂けて、じつは別々の場所にいるんじゃないか。

こんなに近くにいるのに。

手をのばせば、ふれられる距離にいるはずなのに。

今、はてしなく、陸が遠い。

15 いちばんたいせつなもの

7月31日、セトフェス当日。

ああ、きれいな夜明けだな……。

まぶしく光を放ちはじめた水平線に、葵海《あおい》は目を細めた。白い輝きが闇を追いはらっていく、一日のはじまり。ここへ引っ越してきてから何度となく見てきた光景だけれど、今朝はとりわけ美しく目にしみる。

昨夜も眠れなくて、葵海は窓辺にもたれて、ギターをつまびきながら夜をすごした。寄せては返す波の響きと即興《そっきょう》で合奏してみたり、これまでに作った歌を小声で口ずさんだり、心にうかぶことばにメロディーをつけてみたりした。

やがて、太陽がのぼりきって、澄んだ青空がひろがったころ。

葵海にギターをケースへ横たえると、ニスでつやつやとしたボディをそっとなでた。愛用のギター。いっしょにライブのステージをつとめてきてくれた、たいせつな相棒。ありがとう、と心のなかでつぶやきながら――。


「葵海、少しは荷物……、あら」

階段を早足でのぼってきた圭子《けいこ》は、予想外の部屋のようすに目をしばたたいた。

どうせまだ寝ているだろうと思っていたのに、葵海はすでに起きていて、きっちりとたたんだ衣類や化粧品《けしょうひん》をスーツケースへ納めているところだった。

部屋の中も整頓《せいとん》されていて、床にはごみもなく、脱ぎっぱなしで放られている服もない。棚《たな》の飾り物はていねいにほこりがぬぐわれ、横倒しになっていた本もぜんぶまっすぐにならべなおしてある。

「かたづいていると、それはそれで張りあいないわね」

圭子は肩をすくめてから、

「はい」

葵海のそばへひざをついてしゃがむと、赤いリボンのかかった包みをさし出した。なんだろう、という表情をしている葵海に、圭子は微笑《ほほえ》んで言った。

「お誕生日でしょ？」

「ああ……、そっか」

「開けて開けて」

圭子に急《せ》かされてラッピングをほどくと、包みの中身は、顔ほどもありそうな大きさの丸い目覚まし時計。試しに背面にあるネジをまわしてみると、上に付いている二個のベルがせわしなく震えて、耳をふさぎたくなるほどの音が鳴り響いた。

「これなら、お母さんいなくても起きられるでしょ」

いいアイディアでしょ、とばかりに、圭子は得意そうにしている。

「……うん」

「ホストファミリーに迷惑かけないように。これからは、洗濯《せんたく》も掃除《そうじ》も、自分でちゃんとやんなさいよ」

「……うん」

「危ないところは行かない。お菓子ばっかり食べない。で、どうしても寂しくなったら、いつでも帰ってきちゃいなさい！」

そのことばに、葵海は思わず圭子を見つめた。

海外留学したいと相談したときには、圭子からは、一年間がんばりぬく覚悟はあるのか、とか、行ったからには途中で逃げちゃだめだ、とか、そういうことばかり言われたのに——。

圭子は葵海の目をのぞきこむようにして、やさしく微笑んでつづけた。

「どれだけ遠くに行っても、葵海の家はここにあるから」

圭子の、大きな、大きな愛情を感じる。最近、ゆっくり話す機会もなくなってしまっていたけれど、こうやって、圭子はいつも深い愛情でつつんでくれていた。今日でもう二十一歳になるのに、圭子にとっては、葵海はいまだに気がかりな幼い子どもなのだろう。たぶん、いつまでも。

葵海の目が熱くうるむ。葵海は圭子の腰に両手をまわして抱きついて、涙を隠すように顔を押しあてた。

「どうしたの?」

「……ホームシック」

「困った子ねー。まだ出発もしてないのに」

圭子はあやすように、葵海の頭をなでる。子どものころ、よくそうしてくれたように。

圭子に伝えておきたいことは、たくさんある。でも、それを口に出すわけにはいかない。今日なにがおきるかを話さなくてはいけなくなるから。

だから、葵海は両腕にぎゅっと力をこめる。圭子のぬくもりを、しっかりおぼえておこうとするように――。

葵海のためなら、なんだってするよ。

葵海さえ、そばにいてくれればいい。

だって、俺の生きる意味は、いつの日も葵海だったのだから。


呪文のようにそう心のなかでくり返しながら、陸《りく》は自分の部屋にこもって、昨日から一時も休むことなく作業をつづけていた。

割れてしまった〝人生のレコード〟にごく薄く接着剤を付けてつなぎ合わせ、レコードプレーヤーにかけてみたが、時間はもどらない。つないだ個所《かしょ》で針がひっかかってしまい、回転をさまたげられたターンテーブルが不快にうなる。

まっぷたつに割れたレコードなんて修復できない。これはもう平たい樹脂《じゅし》のかたまりでしかない。それは陸にもよくわかっていた。だからこそ、葵海の七歳の誕生日、代わりに歌を贈ったのだから。

それでも、陸はやめなかった。

やめるわけにはいかない。

こうしているあいだにも、刻一刻と時間は進んでいく。運命のあの時刻へ向かって。

スプレーをかけたり、洗浄液で汚れをおとしてみたり、針を取り替えてみたり、眠らずにいろいろ試みる。

時間がもどらないのは、きっと溝《みぞ》がぴったり合っていないからなんだ。もう一度つなぎ合わせるところからやってみようと思ったとき、

「しくじるよなぁ、なんでもたいてい一回目は。たいせつな人との別れも」

ふいに話しかけられて、やっと陸は俊太郎《しゅんたろう》が入ってきているのに気づいた。いつのまにか夜は明けていて、閉めきったカーテンの隙間から白い光がもれている。ふだんの朝と同じく、いれたてのコーヒーの香りが階段をつたって流れてきていた。

のんびりとした俊太郎の口調に腹がたったが、もんくをつける間も惜しくて、陸は手を休めない。

「だから、やりなおそうとした。それでも、何度もしくじった。あいつを救うことも、追って死ぬこともできない」

俊太郎の口にする「あいつ」が亡くなった妻だということは、すぐに陸にも察しがついた。「何度も」――そのことばがひっかかる。手を止めた陸に、いつもの静かな声で俊太郎はつづけた。

「何十回目だろう、疲れはてて病室で寝てた俺に、あいつが言ったんだ。『いつまで寝て

んのよ』って。言うか？　ひとの気も知らないで。そしたら気がぬけて、なぜか腹が鳴った。そのとき、あいつが笑ったんだ。ほんとうに、ひさしぶりに」

当時を思い出してか、俊太郎は頰《ほお》をゆるめる。

「つられて俺も笑って、そしたら、あいつは『よかった』って。ずっと、俺が遠くに行ってしまった気がしてたって。だから、最後に目が合って、よかったって。それからの短い時間は、今までいちばん幸せな時間だった」

そのことばに偽りも迷いもないことは、俊太郎の口もとにうかぶ笑みでわかる。

陸はレコードに置いた手を止めたままで、今聞かされた話をかみしめる。目の前に、昨日レコードを割ったときの葵海の顔がよみがえってくる。

葵海は泣いていた。

なんで泣くんだよ？　そう問いたかった。

俺は、おまえのために、おまえを助けるために、いっしょうけんめいやってるんじゃないか？　なのに、なんで泣くんだよ？

でも、葵海は涙をあふれさせるばかりで、なぜそんなに悲しそうな瞳を向けてくるのか、昨日はわからなかったけれど……。

「今、おまえがだいじにしたい時間は？　壊れたレコードをつなげることか？」

俊太郎が問いかける。

陸はなにも言わない。

「ほんとうはもう、わかってんだろ？」

俊太郎はおだやかに言い残すと、陸からの返事を待つことなく一階へおりていった。

ひとりきりになった部屋の中、陸は割れたレコードに手を置きながら考える。俊太郎の残していった問いかけの答え。

今、いちばんたいせつなもの。

それはなんなのかを、自分の心に向かって——。


「来ねぇな」

「うん、まあ、あたりまえか」

音楽サークルの部室では、直哉《なおや》と鉄太《てった》が顔をつきあわせて、一時間以上も前から同じやりとりを何回となくくり返していた。

陸にはいちおう集合時間などを伝えるメッセージを送っておいたが、返信はなかった。つかみかかってどなったのだから、陸が怒っているのはまちがいない。ライブなんかどうでもいいみたいに言っていたし、たぶん、陸は来ないだろう。リードギターがなくては締まらないが、今日は三人でやるしかない。

そこまでは覚悟していたが、葵海もまだ顔を見せない。

彼氏の陸がやらないなら、葵海もやらない、ということはありうる。この分では、もしかしたら、セトフェスの出演はキャンセルせざるをえないかもしれない。

「バンドって、終わるとき、たいていこんな感じだよな」

鉄太がため息まじりにつぶやくと、

「そうだな」

直哉も力なくうなずいた。

どのみち、ストロボスコープは今日で解散と決定していた。でも、こんな終わり方にはしたくなかった。これまで楽しくやってきたし、けっこういいバンドだったと思っているし、ラストライブまでしっかりやりたかったけれど……。

しかたない、早めにキャンセルの連絡を事務局へ入れておくか、と直哉はスマートフォンをとり出そうとした。

突然、いきおいよくドアが開けられたのは、そのときだった。直哉と鉄太がそろってそちらを向くと、息をはずませながら陸が立っていた。

「ライブだしたい……！」

足早に中へ入ってくるなり、陸はそう言った。「遅刻してすまん」もナシかよ、と思いつつも、よどんだ気分がいっきに晴れていくのを直哉も鉄太も感じていたが、それを表には出さないで、

「……まあ、俺らはするけど？」

キャンセルしかけていたのはなかったことにして、直哉はことさら陸に冷たい態度をとってみせる。

「こないだは、悪かった」

床につきそうなほど腰を折って、深々と陸は頭を下げた。そして、体を起こすと、直哉と鉄太をまっすぐに見つめて言った。

「ライブがしたい。おまえらといっしょに」

直哉と鉄太は顔を見あわせて、

「まあ、そこまで言うなら、やってあげても？　ねえ、鉄太くん？」

「うん」

わざとらしく恩を着せる言い方をしてから、もうがまんすることなく二人は笑みをうかべた。陸も少しだけ頬をゆるめたが、まだせっぱつまった表情のままで、持っているノートを手早くめくってさし出した。

「それで、この曲、みんなで――」

「なにそれ？」

ノートをのぞきこむ鉄太に、陸は答えた。

「新曲。葵海と作った」

「はあーっ!?」

直哉と鉄太はそろって声をあげて、あぜんとせざるをえなかった。新曲をライブでやると決めたら、ふだんは最低でも一ヶ月前から練習にとりかかっている。

「今から新曲？　ぜってー間にあわねえよ！　わかるっしょ!?」

直哉が陸をたしなめるなんて、いつもとは逆になっている。

「わかる！　でも、たのむ！」

再び、陸は深く頭を下げた。

何十回と時間をくり返してきたなかで、直哉と鉄太にたのみごとをしたことは一度もない。むちゃを言っているのは、よくわかっている。それでも、この新しい曲を今日のライブでやりたい。

今、いちばんたいせつなもの。

それはなにか自分自身に問いかけたとき、葵海の残していった紙切れの山が目についた。

再スタートしてからのこの一年間、おりおりに葵海が感じたこと。葵海の心の軌跡。どのメモ書きにも、よろこびがあふれている。一枚、一枚、読み返しているうちに、はっきりとわかった。

いちばんたいせつなのは、これだったんだ。

葵海の笑顔だったんだ、と。

俊太郎の言ったとおり、心の底では、いつもそれをわかっていた。葵海と出逢《であ》ってから、いつでも。

初めてギターを弾《ひ》いたときも、チョコレート製レコードを用意したときも、カッコつけていたけれど、ほめてほしかったとか、感心してほしかっただけじゃない。なにより、葵海に笑ってほしかったんだ。

だから、どうしても、新曲を歌わせてやりたい。

この一年間の想いがこめられた曲。

「百パー間にあわない」

鉄太がきっぱりと言いきった。でも、これだけはゆずれない。承知してもらえるまで頭を下げつづけよう、土下座《どげざ》だってしようと陸は思っていたが、鉄太のことばにはつづきがあった。

「だから、死ぬ気でやんぞ、直哉」

鉄太のそのことばに、陸はハッとして顔をあげた。

直哉はうなずくと、俺は最初からそのつもりだったよという顔をして、鉄太の肩を軽くたたいて、

「しょーがねーなー。鉄太くんならできるよ！」

「オメーだよっ！」

こんどは鉄太が直哉をこづくと、二人は声をあげて笑った。

どうしてこんなに新曲をやりたがるのかわからないが、陸が心から懇願《こんがん》していることは伝わってくる。だったら、理由は必要ない。仲間が本気でたのむのなら、いつでも、なんでも、協力する。

「やっと見れたわ、おまえのカッコ悪いとこ」

直哉は陸に笑いながら言うが、その笑みは温かかった。そういうところ、見せてほしかったんだよ。一人でがんばらないで、たよりにしてほしかったんだよ。仲間なんだから。友達なんだから。直哉の笑みは、そう伝えてくれているようだった。

俺は、ぜんぜんわかってなかったんだな——と、陸は痛感していた。いつも〝人生のレコード〟を使って先回りして、なにごとも完璧《かんぺき》にこなしてきて、それでうまくいっている

つもりでいたけれど……。

完璧じゃなくたって、よかったんだ。

弱くても、みっともなくても、よかったんだ。

だれかが困ったときには、ほかのだれかが力を貸す。だれかが倒れたら、ほかのだれかが起こしてやる。そうやって補《おぎな》いあって、いっしょに少しずつ前へ進んでいくのが仲間ってものだったんだ。

そんなことにも気づかず、一人でなんでもやれているつもりで得意になっていたりして、なんて自分は愚か者だったんだろう。


頭を下げる相手は、ほかにもまだいる。

直哉たちに楽譜をわたして部室を出ると、陸はすぐに里奈《りな》へ電話をかけた。メッセージを送って返信を待つ余裕はない。

『はあ？　なに言ってんの、陸！　そんなの無理に決まってるじゃん！』

陸の話を聞くや、里奈は電話の向こうで声をあげた。本気で言っているとはとても信じられない、とあきれている雰囲気《ふんいき》が伝わってくる。

「わかってる。でも、そこをなんとか！」

目の前に里奈がいるように、陸は通話しながら何度も頭を下げる。このことは、顔の広い里奈にしかたのめない。

『いや、無理無理！　そんな話、聞いたことないし！』

「わかってるけど、どうしても実現させたいんだ！」

『だめだめ！　ありえない！』

何回も同じようなやりとりをしたあと、とうとう里奈は根負けしたように、ため息をつきながらうなずいた。

『もー、いーよ、わかったよ。じゃあ、たのむだけ、たのんでみる？　私もいっしょに行ってあげるよ』

通話を切った陸は、里奈とおちあうためにヨットハーバーをめざして駆け出した。あのことばを心のなかでくり返しながら、めまいがするような陽射しのなかを走っていく。

葵海のためなら、なんでもするよ。

だから――。

葵海に、最高の笑顔を贈ってみせる。

16

最高の誕生日

7月31日、時刻はすでに午後五時近い。

空はまだ昼間と同じ明るさを保っているが、太陽はかなり西に移動している。あと三時間ほどもたてば、あたりは一変して、すべてが夜の色につつまれる。

でも、翌日になれば、かならず太陽はまたあらわれて、鳥や昆虫たちを眠りから覚まさせ、植物を生命の源《みなもと》の光で照らしはじめる。はるか昔から、規則正しくくり返されてきたように――。


いつもの見晴らしのいい丘の上。

葵海《あおい》は朝食後に家を出ると、大学へもセトフェスの会場へも行かずに、ずっとここで海をながめてすごしていた。

水平線の彼方《かなた》から吹きつけてくる風が、葵海の長い髪をあおっていく。さえぎるものがなくて陽射しはまぶしいけれど、一面を草におおわれているせいか、アスファルトの上にいるときのような不快さは感じない。

きれいだな、ほんとに……。

何度も、何度も、葵海はただ、それればかりをつぶやいていた。

目に映るもの、すべてが美しい。

ながめがよくて静かで、ここは子どものころからお気に入りだったけれど、これほど美しい場所とは思っていなかった。

白いレースのように波をきらめかせる海。どこまでも澄みきった青空。繊細《せんさい》な羽でけんめいに舞っている蝶。足もとに咲いている、名前も知らない小さな花。すべてが尊い輝きに満ちている。

五年後、十年後、二十年後、いろいろなものが変わっていくだろうけれど、この空と海は変わらないだろう。

百年後、二百年後にも、空はきっと青く、海はきっと深く水をたたえているだろう。

今生きている人たち、すべてがこの世を去っていても——。

こうしているあいだにも、一秒ずつ、確実に、あの運命の時刻——18時10分が近づいてきている。

でも、風に吹かれながら、空と海をながめている葵海の心は乱れてはいなかった。つらかったこと、いやなことはなにも思いうかばず、家族、友達、あらゆる人たちとの楽しい思い出ばかりがよみがえってくる。

なにもかもが、なつかしく、いとおしい。

やがて、葵海の耳に、こちらへ向かって駆けてくる足音が聞こえてきた。あれは陸《りく》の足音だと、たしかめなくても葵海にはわかる。

「ライブ、はじまるぞ」

息を切らしながら走ってきた陸は、葵海のそばまで来て足を止めた。

「……わかんなくなっちゃった」

陸のほうを見ないままに、葵海はつぶやいた。

「考えるより先につっ走ってきたのにね。今は……、どこに行ったらいいのか、陸のそばにいてもいいのか、わかんなくなっちゃった」

運命の時刻が、近づきつつある。

残された時間は、あとわずか。

陸はとなりまで歩み寄っていくと、静かに手をのばして葵海をひき寄せた。葵海を守ろうとするように、自分の胸のなかへ抱き寄せる。

運命の時刻をすぎたのちの時間というのを、陸はまだ体験したことがない。ひき返せない時間を進んでいくことを、もうずっと陸はしていない。

これまで、なんでも周到に用意してきた。困ったことがあると〝人生のレコード〟を使って、満足できる結果になるまで時間をくり返してきた。何年もそんなことばかりしてきたら、いつのまにか、先を知らずに行動することが怖くなってしまっていた。

だから、陸もわからない。

今、どうしたらいいのか、なにを言えばいいのか。

「俺も、わかんなくて、読めなくて……」

陸は正直に言ってから、

「でも、ひとつだけ」

体を離すと、葵海を間近に見つめた。なにも読めないけれど、でも、ひとつだけ、迷いなく言いきれることがある。

「今、この時間、葵海と生きていたい」

陸のまなざしは、今、まっすぐに葵海へそそがれている。ほんとうの心を葵海へとどけようとしている。

陸が帰ってきてくれた。葵海はそう感じて、目のなかが熱くなった。にじんでくる涙で、陸の顔がまぶしくゆらぐ。

はてしなく遠いところから、やっと陸は帰ってきてくれた。たしかに手でふれられるところまで。

大好きな陸。

ずっと、ずっと好きだった陸。

陸の瞳のなかに、陸の心がはっきりと見える。

今、陸は、まちがいなく同じ場所にいる。同じ時間を生きている。

「歌おう。一生分」

今いちばんやりたいことを告げて、陸は葵海の手をとった。葵海の口もとに笑みがうかぶ。葵海も今、同じことを望んでいたから。

いっしょだよと伝えるように、かさなった手のひらに葵海は力をこめる。それを感じて、陸はさらに強くにぎる。

おたがいのすがたを瞳に映して、葵海と陸は微笑《ほほえ》みを交わしあう。

そして、しっかりと手をつないだままで、セトフェスの会場をめざして駆け出した。

歌おう、今の心のありったけで歌おう。ふたりは同じことを思い、同じ風を感じながら駆けていく。

天候にめぐまれて、セトフェスは例年以上の人出でにぎわっていた。

特設ステージでは、午後からライブが催《もよお》されていて、こちらもたくさんの観客でもりあがっている。

ステージ近くに用意された控え用の大型テントで、直哉《なおや》と鉄太《てった》はおしゃべりもせず、腕組みしながらパイプ椅子《いす》にかけていた。

部室へは、葵海は来なかった。少し前に、陸が、葵海をつれてくると言い残して出ていったが、いまだにもどってこない。

今演奏中のバンドの出番は四番目。先ほど最後の曲がはじまったところで、あと数分で終わるはずだった。五番目のストロボスコープはそろそろステージ袖《そで》で待機しなければいけないが、直哉と鉄太は動かない。

「きみたち、出番だよ?」

司会者が小走りにやってきて、直哉たちを急《せ》かした。

「あれ?　ほかのメンバーの子たち、まだ来てないの?」

四人組バンドのはずが二人しかいないのに気づいて、司会者はあわてたようすでテントのなかを見まわしている。

「もう出番なんだよ？　どうすんの！」

司会者が急きたてるが、直哉たちは返事をせず、だまって腕組みしたままでいる。

陸と葵海はかならず来るはずだ。葵海をつれてもどると陸は言ったのだから、絶対に来る。そう信じている。

特設ステージのほうから聞こえていた演奏が、ギターの余韻《よいん》を残して終わった。ヴォーカルが観客に礼を言う声と大きな拍手が聞こえてきたとき、

「お待たせ！」

葵海と陸が手をつないで、ころげるようにテントへ駆けこんできた。

「ごめん！」

手を合わせて頭を下げる葵海に、直哉と鉄太は微笑んでから、

「よっしゃ、んじゃ」

「行きますか」

気合いを入れて立ちあがり、ステージへ向かって歩きはじめた。

葵海もそれを追っていこうとしたが、

「姉ちゃん、これ」

よく知った声が聞こえて、祐斗《ゆうと》がテントへ来ていることに気づいた。祐斗はギターを両手でさし出してくる。葵海の愛用のギター。会場まで持ってきてほしいと陸からたのまれて、さっきから待っていたのだった。

「ありがと、祐斗」

思いがけず愛用のギターを手にできて、葵海に笑みがこぼれる。家へとりにもどるのは無理だとあきらめていたけれど、これで、今日も相棒といっしょにステージへあがることができる。葵海が微笑みながら祐斗の頭をなでると、

「うぜっ」

祐斗はそっぽ向いて駆け出したが、その頬《ほお》は少し赤くなっているように見えた。

祐斗、ありがとう――もう一度心のなかでくり返しながら、金髪の後ろすがたを葵海は見送る。祐斗とも、最近はまともにしゃべっていなかったけれど……。今でも、葵海にくっついてまわっていたころの幼いすがたが目にうかぶ。生意気だけど、案外とたよりになったりする、かわいい弟。

「葵海、客席で見てるからね！」

もう一人、里奈《りな》も声をかけてきた。里奈はやきもきしながら待っていたが、葵海と陸が無事間にあったのを見とどけて、安心して行こうとする。

「あ、待って、里奈!」

「なに?」

葵海は小走りに近寄って、里奈の耳もとへささやいた。

「……このままでいいの?」

「え?」

「直哉と」

「はあ? だれが……」

このあいだと同じく里奈は笑ってごまかそうとしたけれど、葵海は里奈の顔をのぞきこんでつづけた。

「ただの友達ですごす夏休みと、彼氏彼女ですごす夏休みはぜんぜんちがうよ」

「なにその上から目線!」

里奈はやっぱり笑っているが、葵海はひとことずつに力をこめて、もう一度言った。

「ちがったよ。ほんとうに」

同じ一年間をくり返して体験してきたからこそ、よくわかる。里奈の言ってくれたこのことばが、どれほど重いものだったか。

そのようすに真剣なものを感じとったのか、里奈もごまかし笑いを消して、葵海を見つ

め返す。それから、

「……考えとく！」

肩をすくめてから、葵海の背中を押した。

「ほら、早く行かないと！　ね！」

里奈にうながされて、葵海はステージへ向かおうとしたが、数歩行ったところで足を止めた。小走りにもどって、無言で里奈に抱きつく。

「葵海？」

とまどっている里奈に答えず、葵海はぎゅっと腕に力をこめる。数秒、じっと里奈を抱きしめてから体を離すと、

「見てて！」

里奈を見つめて、明るく笑いかけた。

「うん！」

里奈も笑顔でうなずいて、がんばれ、というように大きく手をふりながら去っていく。

葵海も手をあげてこたえながら、心のなかで語りかけた。里奈、ありがとう、いつも心配してくれて、やさしくしてくれて。里奈と友達になれて、よかった。

ありがとう、大好きだよ、里奈。

「お待たせしましたー！　つぎのバンドは、ストロボスコープのみなさんでーす！」

司会者の紹介につづいて、観客から拍手がおこった。

いよいよ、ラストライブ。

鉄太がドラムセットにスタンバイする。葵海が愛用のギターを持ってステージの中央に進むと、陸と直哉がその両脇へ立った。

葵海はゆっくりと客席を見わたした。圭子《けいこ》や祐斗、里奈、それに俊太郎《しゅんたろう》も来てくれているはずだ。大好きな人たち。たいせつな人たち。

葵海は首もとへ手をやって、陸からもらったネックレスにふれる。目をつむり、深く息を吸いこんで、呼吸をととのえる。おちついて、いちばん後ろまで響かせるつもりで声を出して、と自分に言い聞かせる。そして、再びしっかりと目を開けると、マイクの前まで進んだ。

さあ、今日の一曲目――と意気ごんだとき。

聞こえてきた陸のギターに、葵海は目をみはった。予定していた曲ではない。あのイントロは、まさか……と葵海は信じられない思いで、陸のほうを見る。目が合うと、陸はギターを弾きながらいたずらっぽく笑みを送ってきた。

陸と作ったばかりの、新しい曲。

葵海は反対側にいる直哉のほうを向いたが、直哉もあわてることなくベースを奏でている。そういうことだったんだ、と理解すると、葵海の口もとにも笑みがうかんできた。再び陸を見て、うなずきあう。

歌おう、一生分。

陸のことばを思い返しながら、葵海は歌いはじめる。ありったけの心をそそぎこんで、歌おう。

「『好きだよって君のことば　うそみたいにうれしくて　まるでちがって見える　いつも見上げる空も』……」

好きだよって君のことば　うそみたいにうれしくて
まるでちがって見える　いつも見上げる空も
ギターをおしえてくれる指先　伝わるぬくもり
その横顔も　特別に変わる
君がいるだけで　ありふれた日々も
一分一秒すべて愛しくなる

今この瞬間　時間が止まるなら
抱きしめて　ぎゅっと　ぎゅっと　離さないで

ふたり自転車こいで　ならんで競った帰り道
つぎは負けないからね　またいっしょに帰ろう
私のことばに君がのせるメロディー
今しか出せない音だから　君と奏でたい
神様がくれた　かけがえのない時
たとえすべて失ったとしても
めぐりくる季節　あおい海のそばで
君とすごした日々を忘れないよ

そこまで葵海が歌ったとき、もうひとつ歌声がかさなってきた。
陸の声だ。
葵海が陸のほうを見ると、てれくさそうに微笑《ほほえ》んでいる。葵海の頰《ほお》にも笑みがにじむ。
葵海の声、陸の声。ふたつの歌声が溶けあって、深い響きを創り出していく。

直哉と鉄太も、これまでのいつよりも生き生きと演奏している。鉄太のドラムは正確に、かつ溌剌《はつらつ》とリズムを刻んでいる。直哉のベースから生み出される重低音が、がっちりと支える。

ドラムにギターが呼応し、ベースがギターと共鳴して、音と音が語りあう。

この新曲を四人で合わせたことはなかったのに、そうとは思えないほど息がぴったり合っている。

何度もたどった時間　ふたりで巻きもどしたレコード
君を守りたいんだ
もしも願いかなうのなら
ひとりになんてしないから
ずっと　その手　つないでいて

君と出逢《であ》うため　生まれてきたんだ
世界でいちばん　私　幸せだよ
明日　太陽が昇らないとしても

そして、午後六時。

新曲のほか、予定していたすべての曲を演奏し終えると、観客からはステージをゆるがすほどの歓声がわきおこった。ストロボスコープの名を呼びながら、手が痛くなるほどの拍手を送ってくれる。

やりきった。すべてを出しきった。

葵海が深く息をつきながら空をあおいだ、ちょうどそのとき。ステージの正面、ごくわずかに陰りはじめた空高く、大きな光の花が咲いた。一拍だけ遅れて、地響きのような音があたりの空気を震わせる。

突然の花火に、観客たちはふり返ってどよめく。

「わあ……！　すごい……！」

葵海も目をみはり、思いがけない花火にみとれる。演奏の終わりと同時に花火が上がるなんて、すごい偶然だと思っていたら、

「ハッピーバースデー、葵海」

陸がすぐ横へ歩み寄ってきて、葵海にだけ聞こえる声でささやいた。そのことばで、葵

海もわかった。この花火は偶然じゃない。

「……さすが、陸」

絶対に無理だと言われたのに、まさか実現させてくれるなんて。どうしてこんなことができたの？　と葵海が見つめても、

「……だろ？」

涼しい顔をして、なにも説明しようとしない。花火の輝きをながめている陸を、葵海はのぞきこむ。

「またなにか、ズルした？」

「さあね」

やっぱり陸はなにも答えない。

ほんとうは、ズルなんてまったくできなかった。里奈といっしょに花火師のところへたのみに行っても、当然、最初はことわられ、ばかなこと言うんじゃないと怒られた。でも、花火師と仲のいい里奈がけんめいにたのんでくれて、陸も頭を下げつづけて、ねばって、ねばって、やっと承知してもらったのだ。それからも、花火大会の実行委員会、セトフェスの事務局など、あちこちに里奈がかけあってくれて、ようやく数発の花火を上げてもらうことができた。

ライブも、花火も、みんなが協力してくれたからこそ実現できた。自分一人だけで成し遂《と》げられることなんてないんだと、あらためて感じる。

「約束しただろ?」

陸は手をのばして葵海の指先へふれて、その手をとった。たしかな生命の息吹《いぶき》を感じさせる温かな葵海の手を、陸は力をこめてにぎりしめる。

「ありがとう」

花火の輝きを映す葵海の瞳から、涙がこぼれて頬をすべっていく。

『100歳の誕生日まで俺が祝ってやる』――100歳の誕生日はもうおとずれない。

でも、何度も何度もやりなおしてたどりついた100回目の7月31日。その日は、約束どおりに祝ってくれた。約束を守ってくれた。

やがて、涙のなかから微笑《びしょう》が生まれ、葵海の顔に大きな笑みがひろがっていく。葵海は心からの笑顔を向けながら、陸に告げた。

「100回目は、最高の誕生日だね」

最高のライブ。最高の仲間たち。最高のプレゼント。

今日は、最高の誕生日。

～エピローグ～

八月初旬の夕暮れ。

通夜、葬儀、告別式、出棺《しゅっかん》とすべてすませたあと、陸《りく》たちはつれだって浜辺までもどってきていた。

突然おとずれた葵海《あおい》との別れに、里奈《りな》はずっと泣きじゃくっていて、数日のあいだにひとまわり瘦せてしまったようだった。直哉《なおや》が気づかって、足もとのふらつく里奈に寄りそう。鉄太《てった》、俊太郎《しゅんたろう》は、陸を見守るように、数歩離れてそばについている。

葬儀場から、だれもが無言だった。

夏の盛りには不似合いな黒いスーツを着こんで、みんなうつむきがちに歩いていく。

やがて、直哉が支えるように里奈の肩を抱きながら、砂浜を去っていった。鉄太も陸の肩を軽くたたいて立ち去り、俊太郎もだまって店へ足を向ける。

みんながいなくなっても陸はひとりきりで砂浜に残って、夕焼けをはじいて光る海をながめていた。太陽が眠りにつき、夜の色があたりをつつんで、空と海の境がさだかでなくなってしまうまで——。

半分だけ灯りをともした店で、俊太郎は待っていた。

陸がもどってきても、俊太郎は声をかけない。カウンターの中で、ドリッパーやコーヒーポットを洗っている。

「カレー作っといたから。ぜんぶ食べろよ」

俊太郎はいつもと同じ静かな口調で言って、ことさらになぐさめることもしない。

「……うん」

俊太郎の声もほとんど耳に入らず、陸はくずおれるようにソファーへすわりこんだ。

「あ、それとデザート」

俊太郎はそう言いながら、レコードプレーヤーの電源を入れる。陸はソファーの背にもたれて、なにも答えない。

「あずかってたもんがあってさ」

なにげない口調で俊太郎はそうつけたすと、

「ちょっと出かけてくる」

どこへとも言い置くことなく、堅苦しい喪服《もふく》を着たままで店から出ていった。

陸はまた、薄暗い店内でひとりきりになる。

この数日間はあわただしくすぎていったが、葬儀をすませて、陸は脱《ぬ》け殻《がら》のようになっていた。どこか心の配線が切れてしまったのか、涙も出てこない。

運命の時刻がおとずれることは前もってわかっていたから、覚悟はできていたつもりだったのに……。なにも考えられない。歩く力も出ない。真夏にスーツを着こんでいても、暑さも感じない。

直哉たちがそばにいてくれるあいだは、まだ気丈にふるまっていられた。でも、ひとりになってしまうと、葵海はもういないのだという現実がひたひたと忍び寄ってくる。あたりの空気が端から徐々に固く冷たい氷になっていって、心も体も、そのなかへ閉じこめられていきそうな気がする。

葵海に会いたい。

葵海の声が聞きたい。

ただそれだけが、いっそう強く胸に迫ってきたとき、

『陸、元気ですか』

静まり返った店内に、声が響いた。空耳じゃないかと陸はとまどったが、

『……元気なはずないか』

たしかに、聞こえた。

葵海の声が。

陸はソファーから体を起こして、薄暗い店内の一角へ目を向けた。

『でも、私はぜんぜん心配してません。私がいなくなった時間にも、陸は、楽しいことや美しいことをたくさんみつけられると思います』

葵海の声にひっぱられるように、陸はソファーから立ちあがった。一歩ずつ、おずおずと声の聞こえるほうへ近づいていく。

『だって、私の人生のたいせつな時間は、ぜんぶ陸が刻んでくれたから』

声は、レコードプレーヤーのほうから聞こえている。

ターンテーブルの上では、ＬＰレコードが回っていた。ほかのすべてが静止している店内で、レコードだけが動いている。

薄暗いなかで陸は目をこらしてみて、あっと声をあげそうになった。

それは、チョコレートで作られたレコードだった。

『だから、針を前へ進めてください。私の時間なんて、さっさと追いぬいて、もっともっと遠くへ――』

レコードプレーヤーのすぐそばに、まっ白な平たい箱が置かれている。その箱を、陸は両手でとった。

『これは、陸への100回分の誕生日プレゼントです』

箱を持つ手が、かすかに震えてくる。まっ白なふたの上には、見慣れた葵海の手書きの文字――『HAPPY BIRTHDAY ×100』

数秒の沈黙のあと。

ギターをつまびく音が響きはじめた。聴きおぼえのないイントロ。つづいて、葵海の歌声が流れてくる。

聴こえてますか　私の声は
届いているかな　私の想いは
君がどれほどたいせつなのか
今になって気づいたの
君と100回出逢《であ》ったとしても
たとえ生まれ変わっても　100回恋するよ

ありがとう　好きになってくれて
ありがとう　抱きしめてくれて
ありがとう　いつでも守ってくれて
ありがとう　ありがとう
伝えきれないほど

どうか幸せになってね
それが私の願い　約束してね
さあ歩き出して　君の日々を生きて
私の大好きな笑顔を見せて

ターンテーブルの上で回転するチョコ製レコードを、陸は見つめる。

ふいに、レコードの上に水滴が落ちた。いつのまにか、陸の頰《ほお》が濡れている。葵海がいなくなってから、初めての涙。

一粒、二粒、三粒。涙のしみは増えていく。陸の涙をのせて、葵海の歌声を刻んだレコードは回りつづけている。

こみあげる嗚咽《おえつ》にのどが詰まって、陸は手のひらで顔をおおった。おさえようとしても、涙を止められない。こらえきれなくなって、陸は顔をくしゃくしゃにくずして、声をあげて泣く。

やがて、葵海の歌が終わり、ギターがやわらかく後奏をつまびいて、余韻《よいん》を残しながら消えていった。

静けさのなかで陸が息をついたとき、ふっと、スパイスの香りが鼻を刺激した。そうか、カレーが作ってあるって言ってたっけ、と俊太郎のことばを思い出す。今まで、カレーの匂《にお》いさえも感じていなかった。

腹がへったな、と感じて、陸の口もとがわずかにほころんだ。そういえば、この数日間、ずっとなにも食べていない。

カレーを食べよう、と陸は手のひらで涙をぬぐいながら思った。葵海も好きだったカレーを食べよう。

そして、カレーを食べたら、喪服《もふく》を着替えて、部屋のかたづけをはじめよう。ひもで縛《しば》ってあった本を、もう一度、棚《たな》へならべなおそう。セトフェスのあとから放りっぱなしになっているギターを手入れして、また曲を作ろう。直哉や鉄太くんと、またライブをやろう。

涙は、まだ止まらない。

明日もきっと、涙が出るだろう。明後日《あさって》も、明々後日《しあさって》も、きっと泣くだろう。でも、よろけながらでかまわないから、一歩ずつ、前へ進んでいこう。

葵海の心臓が鼓動をやめてしまっても、今も、すぐ近くに存在を感じる。

葵海は今も、胸のなかで笑っている。

あの最高の笑顔で、こちらを見ていてくれる。


チョコ製レコードは、まだ回りつづけている。

長い空白があったあと、再び、葵海の声が流れた。ふたりでおしゃべりしていたときのような、いつものなにげない口調そのままで――。

『あ、そうだ、最後にもうひとつ。このレコード、食べちゃっていいからね』


―― END ――

※この作品はフィクションです。実在の人物・団体・事件などにはいっさい関係ありません。

集英社オレンジ文庫をお買い上げいただき、ありがとうございます。
ご意見・ご感想をお待ちしております。

● あて先
〒101-8050　東京都千代田区一ツ橋2-5-10
集英社オレンジ文庫編集部 気付
下川香苗先生

映画ノベライズ

君と100回目の恋

集英社
オレンジ文庫

2016年12月21日　第1刷発行
2017年 2 月15日　第3刷発行

著　者　下川香苗
原　作　Chocolate Records
発行者　北畠輝幸
発行所　株式会社集英社
〒101-8050東京都千代田区一ツ橋2-5-10
電話【編集部】03-3230-6352
【読者係】03-3230-6080
【販売部】03-3230-6393（書店専用）
印刷所　図書印刷株式会社

※定価はカバーに表示してあります

ISBN 978-4-08-680114-0 C0193